L. Egarezzo: Drachenrad

Lupus Egarezzo

Drachenrad

Books on Demand GmbH

Norderstedt

Alle Personen und Handlungen in diesem Buch sind fiktiv.

Bisher von Lupus Egarezzo erschienen:

„Bernsteinhändler", BoD, 2014

„Vogelinsel", BoD, 2015

ISBN: 9 783741224331

Herstellung und Verlag: BoD Books on Demand, Norderstedt

Conondrum:

> *Was ist das?*
> *Wenn man weiß, wo es ist, weiß man*
nicht wann; und wenn man weiß, wann es ist, weiß
man nicht wo.

Sechzehn Stufen

Die Durchgangsstraße war leergefegt, obwohl es erst 21:00 Uhr war. Regen peitsche fast waagerecht über den glänzenden Asphalt. Die schwarze Dunkelheit an diesem frühherbstlichen Abend wurde nur durch das gelbe Licht der Straßenlaternen gemildert. In seinen Kegeln schäumte der prasselnde Regen wie Sturzbäche auf. Aus der Ferne tasteten sich zwei Scheinwerfer durch das Unwetter heran. Sturmböen heulten um die Ecken der Seitenstraßen. An der Laterne vor dem ASIA-Restaurant hielt das Taxi am Bordstein an. Der Fahrer schaltete die Innenbeleuchtung ein, der Gast übergab mit einer wegwerfenden

Handbewegung einen großen Schein. Dann stieg er aus. Der Taxichauffeur rief etwas durch die geöffnete Beifahrertür seinem Kunden hinterher.

„Ist schon gut. Ich brauche das Geld nicht mehr", kam die Antwort.

Dann stand er ohne Kopfbedeckung oder Schirm im strömenden Regen unter der Straßenlampe, den Kragen seines schwarzen Regenmantels hochgeschlagen – ein dunkler, schlanker Mann von etwa vierzig Jahren. Er trug einen grauen Vollbart, und von seiner Halbglatze hing seitlich das Haar über die Ohren hinab. Das Wasser rann ihm vom Kopf ins Gesicht und in den Nacken. Der Mann wartete, bis sich das Taxi wieder entfernt hatte. Dann ging er ein Stück die Straße entlang und bog nach links in eine Seitenstraße ein, bis er die Gasse erreichte, die hinter die Häuserzeile führte. Nach wenigen Metern hatte er den Hintereingang des Restaurants erreicht.

Er wartete. Und der Regen hatte kein Erbarmen. Hier war es stockdunkel ohne Straßenbeleuchtung.

Nach wenigen Minuten sah er durch das Fenster der Hintertür, dass im Inneren Licht eingeschaltet wurde. Die Tür öffnete sich, und ein junger Chinese trat heraus, der hastig auf die Kellertreppe zuschritt, die seitlich am Haus nach unten führte. Der Mann ging ihm nach. Der Chinese stieg die Treppenstufen hinab und holte dabei ein Schlüsselbund aus seiner Tasche. Hinter ihm, im Abstand von fünf Stufen, folgte langsam der andere.

Sechzehn Stufen bis zur Tür ganz unten. Er kannte den Weg. Unzählige Male hatte er sie gezählt. Es war wieder soweit. Sechzehn Stufen. Der Chinese hatte jetzt die Holztüre geöffnet – eine Holztüre, deren Latten mit einem Z aus Streben zusammengehalten wurden. Der Chinese betätigte einen Lichtschalter im Inneren des dunklen Raumes und trat in den Keller.

Der Mann fixierte kurz die Türe. Zwölf Kerben zählte er und holte ein Klappmesser aus der Tasche. Schon zwölf Mal. Er wusste, was er zu tun hatte. Er fügte eine weitere Kerbe hinzu, schob dann die angelehnte Kellertür auf und trat langsam ein ….

JVA Rheinbach

Dass er in den nächsten Tagen entlassen werden würde, das wusste Fred Unkel, aber wann genau war ihm noch nicht gesagt worden. Das war hier in Rheinbach immer so. Tag und Stunde, wann man raus kam, wurden erst unmittelbar vorher mitgeteilt. Das wurde in Köln entschieden. Erst, wenn der Verwaltungsvorgang abgeschlossen war, kam von dort die Order an die Anstalt und dann an den Gefangenen.

Fred Unkel machte das nichts aus. Er hatte sowieso niemanden, der draußen auf ihn warten oder ihn abholen würde. Bei anderen sah das oft anders aus. Die standen im Nullkommanichts vor dem

Gefängnistor mit ihrer Reisetasche und dem Entlassungsgeld im Portemonnaie. Und meistens wollte von den alten Angehörigen und Freunden niemand mehr etwas mit denen zu tun haben. Kein Zimmer, kein Transportmittel, also ab zur nächsten Bushaltestelle und dann nach Bonn oder Köln. Erst einmal sehen. Ganz schlecht war das, wenn die Entlassung am späten Nachmittag stattfand. Dann fuhren kaum noch Busse.

Aber es gab ja den Betreuungsverein, der sich um diese Leute kümmerte. Die hatten ein Einfamilienhaus gemietet. Da kamen immer drei bis vier Entlassene für einige Tage unter, bis sie irgendwo gemeldet waren und zum Arbeitsamt gehen konnten. Dann ging es irgendwie weiter.

Fred Unkel hatte keine Geldsorgen. Er besaß noch seine EC-Karte, und sein Konto war bestens gefüllt. Vor Haftantritt hatte er sein Geschäft noch gut verkaufen können. Und sein Haus und sein Auto warteten auf ihn. Seine Schwester Christiane hatte ab und zu einen Blick aufs Haus geworfen, den

Garten sauber gehalten und im Winter die Heizung angestellt. Vier lange Jahre lang. Aber die konnte ihn auch nicht abholen. Die kannte auch nicht Tag und Stunde.

Es war 16:30 Uhr gewesen. Der Fernseher lief im Gemeinschaftsraum. Tiersendungen. Und dann kam Ringo, der Wärter mit dem Ohrring. Er stand im Türrahmen und blickte Fred an. Der blickte zurück, und Ringo machte eine Bewegung mit dem Kopf Richtung Flur:

„Pack Deine Klamotten. Du bist dran."

Die Klamotten waren schon gepackt, seit sein Anwalt ihm vor einer Woche den ungefähren Termin mitgeteilt hatte. Fred brauchte nur noch sein Waschzeug einzustecken, dann konnte er seine Papiere holen und die Sachen, die er bei der Einlieferung damals abgeben musste.

***

Jetzt stand er vor dem Tor, die Reisetasche in der Hand. Draußen war es angenehm mild. Ende März meldete sich der Frühling schon. Aber Sonne und Wind kannte Fred schon seit einem guten halben Jahr als Freigänger. Fred wartete. Nicht auf irgendwelche Verwandte oder Bekannte. Er wartete auf den Mann vom Betreuungsverein, auf Holger Werth. Sein Bewährungshelfer hatte gefragt, ob er eine Unterkunft hätte. Natürlich. Sein Haus. Aber das stand in Siegburg, und da käme er heute nicht mehr hin. Er kannte sich mit öffentlichen Verkehrsmitteln nicht aus. Er würde seine Schwester anrufen, die hatte auch die Hausschlüssel. Sie sollte ihn morgen nach Feierabend abholen. Solange wollte er in dem Auffanghaus des Betreuungsvereins wohnen. Nur eine Nacht.

Vier Jahre, und es waren ursprünglich sechs gewesen. Aber er hatte sich gut gehalten. Zwei hatte man ihm auf Bewährung erlassen. – Ein dunkelblauer Opel Corsa fuhr vor und hielt am

Bordstein direkt vor ihm. Ein Mann ließ das Seitenfenster auf der Fahrerseite runter:

„Sind Sie Fred Unkel?"

„Ja, bin ich."

Der Mann war etwa fünfzig Jahre alt, etwas korpulent mit einer Stirnglatze, in Jeans und Sweatshirt. Er stieg aus, ging um das Auto herum und reichte Fred die Hand:

„Holger Werth. Ich bringe Sie zu Ihrer Wohnung."

Absturz

Werth verstaute Freds Reisetasche im Kofferraum, sie stiegen ein, und es ging los:

„Wir haben es nicht weit. In zehn Minuten sind wir da."

Fred sagte nichts und blickte aus dem Seitenfenster hinaus, ließ den Verkehr an sich vorbeifließen. Hier, auf der Umgehungsstrasse, konnte er nur die Giebeldächer der Wohnhäuser sehen, die über den Lärmschutzwall herausragten. Die Welt außerhalb des Knasts kannte er ja bereits, aber jetzt war das anders. Andere Bilder tauchten auf. Er hatte sich natürlich im Gefängnis mit seiner Vergangenheit, seiner Schuld auseinandergesetzt –

ganz so wie es sein sollte. Wie der Läuterungsprozess auszusehen hatte. Nächtelang hatte er sich auf seinem Bett gewälzt und jede Minute zu rekonstruieren versucht, die ihn nach Rheinbach gebracht hatte. Jede Minute, in der er die Wahl gehabt hatte, eine andere Entscheidung zu treffen. Die Bilder waren immer wieder aufgetaucht. Und eines Tages waren sie irgendwo ganz hinten in seiner neuronalen Speicherkammer gelandet. Nicht, dass er Frieden gefunden hatte. Nein, er hatte sie nur temporär weggeschlossen. Bis zum Ende der Restlaufzeit. Bis jetzt ….

„Es sind noch zwei Männer im Haus. Mit denen müssen Sie zurechtkommen", unterbrach Werth das Schweigen.

Sie hielten jetzt vor einer Ampel. Rechts die Wohngegend, links Felder und kleine Wäldchen.

„Aha. Geht schon klar. Kenne ich die?"

„Vielleicht. Der eine heißt Hermann Lübbers. Der ist schon älter. Und dann einer in Ihrem Alter. Stefan Marks."

„Den Lübbers kenne ich. Olle Herm."

„Ja, der war schon mehr als einmal hier."

„Aber den anderen? Nie gehört. Wieso ist der mir nicht in der Anstalt über den Weg gelaufen? Verstehe ich nicht. Wir kannten uns doch alle?"

„Ja. Der war bis zuletzt im Geschlossenen. Hat seine vollen acht Jahre abgesessen. Deshalb haben Sie ihn nicht kennen gelernt. Der ist erst vor einem halben Jahr hierher verlegt worden von Rostock."

„Ein Ossi?"

„Vielleicht."

„Und warum kam der hierher?"

„Keine Ahnung."

„Was hat der gemacht?"

„Fragen Sie ihn selber."

Der Wagen fuhr wieder an. Fred blickte zum Seitenfenster hinaus. Sie hatten beide viel getrunken gehabt an dem lauen Frühlingsabend. Zuerst Camparis auf der Terrasse, dann, als es kühler wurde, im Haus Wodka und Bier. Jede Menge. Alles war gut gewesen, aber dann ging das Nörgeln los. Schon wieder. –

Vor Freds Augen verschwamm die ganze Welt zu einem roten Meer von Blut und gellendem Gekreische. Sein Leben löste sich auf. Das andere wurde systematisch vernichtet – mit jedem hämmernden Faustschlag. Mit jedem wahnsinnigen Schädelstoß gegen das Kaminsims, mit jedem unaufhaltsamen Hieb des Schürhakens ins Gesicht. –

Nichts war gewesen. Nichts. Vorher nichts, und nachher auch nichts. Nichts war mehr da. Nichts stand mehr an seinem Platz, wie es sich gehörte. Nicht die Vasen, nicht die Nippesfiguren, nicht die Bilder mit ihren zerschlagenen Glasscheiben an ihren Wandhaken, nicht das Leben in seiner Frau. Vorher war nichts gewesen ….

Sie bogen von der Hauptstrasse in eine Sackgasse ab, die von schmucken Einfamilienhäusern gesäumt war.

„Sind gleich da."

19

Fred hörte nicht zu. Die letzten Meter. Diese ewige Nörgelei, die Stiche, dieses Ausnutzen seiner Schwachstellen. Beleidigungen. Er war nicht zimperlich gewesen. Bedeutungslosigkeiten. Alles war doch im Lot. Oder Nicht? Das Kumulative, die ständigen Wiederholungen, die alten Kamellen. Es reichte. Irgendwann. Dann war die Spundwand überwunden, dann strömte das Hochwasser darüber – im freien Lauf. Der erste Schlag, und alle Sicherungen flogen heraus. Monatelange, jahrelange Demütigungen hatten den Druck im Kessel über die Toleranzgrenze gebracht. Der Anzeiger hatte das Ende der Skala erreicht. Freier Fall ohne Fallschirm ….

Sie hielten vor dem letzten Haus in der Strasse. Dahinter lagen Felder, ganz hinten die Autobahn.

„Ich zeige Ihnen Ihr Zimmer und stelle Sie Ihren Mitbewohnern vor. Das ist hier wie eine WG. Küche und Bad müssen Sie sich mit den Anderen teilen. Benötigen Sie noch irgendetwas, das ich

Ihnen besorgen kann? Zahnpasta oder so oder irgendetwas anders?"

„Nein. Ich hab alles, was ich brauche. Bin morgen Nachmittag sowieso weg. Meine Schwester holt mich ab."

„Prima. Haben Sie Geld?"

„Klar."

Werth ging voraus, die drei Stufen bis zur Haustür. Er klingelte. Die Tür ging einen Spalt breit auf. Dahinter erkannte Fred Olle Herm.

Das Gästehaus

In jenem Gästehaus war es, dass Fred zum ersten Mal davon hörte. Es sollte den Rest seines Lebens bestimmen. An dem ersten und einzigen Abend, den er dort verbrachte, saß er mit Stefan Marks, einem bulligen Kerl in seinem Alter, mit reichlich Muskelpaketen, die er sich wohl im Knast-Fitness-Studio zugelegt hatte, am Küchentisch und aß von dem Eintopf, den Olle Herm aus der Dose warm gemacht hatte. Dabei tranken sie Bier und schauten schweigend aneinander vorbei. Herm war zu Bett gegangen.

Marks versuchte, ein Gespräch in Gang zu bringen: „Haust Du Morgen schon wieder ab?"

Nach längerer Pause antwortete Fred: „Jaja.“

Dann folgte wieder Schweigen. Vor Freds innerem Auge tanzten immer noch die Bilder aus der Vergangenheit. Die Beiden löffelten ihren Eintopf weiter und tranken Bier. Schließlich räumte Marks ab und brachte das Geschirr zur Spüle. Dann setzte er sich wieder zu Fred an den Tisch. Zweiter Versuch:

„Was machst Du dann?“

Zögernd kam die Antwort: „Weiß ich noch nicht.“

„Hast Du ´nen Job?“

„Nein“

„Und wovon willst Du leben?“

„Mach Dir keine Sorgen.“

Und so plätscherte die Unterhaltung weiter. Schließlich kamen sie auf den Grund des Brunnens an. Zu den Dingen, die sie hierhin verschlagen hatten. Marks hatte wegen Bankraubs gesessen. Und dann fing Fred Unkel doch an von dem, was ihn jetzt wieder so bedrückte, zu erzählen. Totschlag. Seine eigene Frau im eigenen Haus. Er hatte Mühe, jetzt seine Erregung zu unterdrücken.

„Ich wollte, ich könnte das rückgängig machen."

Jetzt sagte Stefan Marks nichts mehr. Er war ein hart gesottener Bursche, der seine Verbrechen geplant hatte. Das einzige, was er bereute, war, dass man ihn erwischt hatte; alles andere war ihm egal.

„Ich wollte, ich könnte das rückgängig machen."

Sie tranken schweigend ihr letztes Bier zu Ende, dann war das Sixpack aufgebraucht, das der freundliche Mann vom Betreuungsverein gestiftet hatte. Danach erhob sich Marks und wollte nach oben auf sein Zimmer gehen. Den letzten Schluck trank er im Stehen aus der Flasche. Fred Unkel blieb noch am Tisch sitzen. Er war in Gedanken versunken:

„Gute Nacht, Stefan."

Stefan zögerte: „Mit dem Rückgängigmachen …. Mir fällt da etwas ein.

Komisch. Nur so eine Idee. Vielleicht geht das irgendwie."

„Was? Wie soll das denn funktionieren? Was gewesen ist, ist gewesen. Das ist leider Vergangenheit. Mach Dich doch nicht noch lustig über mein Unglück."

„Nee, mach ich nicht. Aber weißt Du, ich hab von Physik keine Ahnung, aber es gibt da so eine Theorie, von der hab ich früher gelesen. Und ich habe mit Nico Ernst darüber im Bau geredet. Der hatte Ahnung davon. Der meinte, dass man damit eine Maschine bauen könnte."

„Eine Zeitmaschine? Den Roman von Wells kenne ich. Und dann zurück in die Vergangenheit und alles neu richten? Klar."

„Nee, keine Zeitmaschine."

Marks hatte sich inzwischen wieder an den Tisch gesetzt.

„Was denn für eine Theorie?"

„Hast Du schon mal von einem Typen namens Heisenberg gehört?"

„Ja, sicher, ein bekannter Physiker und Nobelpreisträger. Der ist schon lange tot. Ich glaube, der war an dem Atombombenprojekt von Adolf beteiligt."

„Kann sein, aber der hat so eine Theorie entwickelt. Angenommen, das Licht besteht aus Teilchen, aus Lichtteilchen. Und man hat einen Lichtstrahl. Dann weiß man entweder, wo sich ein solches Teilchen gerade befindet, aber dann nicht genau wann. Wenn man aber doch den Zeitpunkt kennt, dann weiß man wiederum nicht genau, wo das Teilchen gerade ist. Verstehst Du? Man kann nicht beides gleichzeitig kennen. Nur immer entweder das Eine oder das Andere."

„Und was hat das jetzt mit meiner Vergangenheit zu tun?"

„Ja, also, ich verstehe das so: Diese Zeitspanne, in der sich ein Teilchen bewegt, die ist ungenau, wie ich sagte. Darum, wenn also der Hauptanteil eines Lichtbündels ankommt, kann es sein, dass wegen dieser Ungenauigkeit schon ein geringer Teil dieses Lichtbündels vorher ankommt, und wenn man diese Vorboten, will ich mal sagen, entdecken würde und sehr schnell wäre, dann könnte man etwas ändern, bevor der Hauptstrahl ankommt, und die ganze ursprüngliche Richtung wäre dann ungültig. Sagen wir, schnell den Vorboten so ablenken, dass der Hauptstrahl sozusagen gar nicht wie vorgesehen mehr ankommen darf. Dann stände das Geschehen im Widerspruch zu der Vergangenheit, nämlich zu den Voraussetzungen für den ursprünglichen Lichtweg. Man hätte den Verlauf der Dinge umgebogen oder so."

„Und was hat das mit mir zu tun? Erstens hab ich das nicht richtig verstanden, aber egal, und zweitens sehe ich keinen Zusammenhang mit meiner Vergangenheit."

„Aber Du willst doch Deine Vergangenheit rückgängig machen. – Also, Nico hat lange darüber nachgedacht. Er meinte, wenn man einen Apparat bauen würde, der dieses Zurechtrücken automatisch machte – sozusagen auf Knopfdruck, dann müsste sich doch die ganze Welt, also unser Universum und alles, auch so zurück ändern, dass das wieder passt. Und das ginge nur, dachte er, wenn die Welt wieder ganz von vorne beginnt. Und Du hättest ein paar Sekundenbruchteile gewonnen und so immer weiter zurück."

Fred Unkel sagte nichts. Er blickte an Marks vorbei auf das Fenster über der Spüle. Es glotze ihn wie ein totes Auge an. – Er schüttelte sich:

„Aber so einen Kasten gibt es nicht. Das ist doch pure Phantasie."

„Ich bin mir nicht sicher. Nico meinte, da müssten schon andere auf die Idee gekommen sein. Leute, die mehr Grips im Kopf haben als wir. Und dass die schon so ein Gerät entwickelt haben. Das wird wahrscheinlich geheim gehalten. Das darf nicht an die Öffentlichkeit. Stell Dir mal vor, was passieren würde, wenn jeder in der Lage wäre, jedes Mal die Welt von vorne anfangen zu lassen. Das geht doch gar nicht. Das muss doch unter Verschluss bleiben."

„Ich glaube nicht, dass das funktioniert. Und wenn auch, es würde mir sowieso nichts nützen."

„Wie Du meinst. War ja nur so ein Gedanke, weil Du alles so gerne rückgängig machen wolltest. Mir ist das egal. Ich geh jetzt schlafen. Bis morgen."

„Ja, bis morgen. Gute Nacht."

***

Fred Unkel versuchte, seine Gedanken zu sammeln. Er war draußen und hatte die erste Nacht in vollständiger Freiheit vor sich. Aber Entspannung wollte nicht kommen. Morgen nachmittag würde seine Schwester ihn abholen. Er würde kein neues Juweliergeschäft mehr eröffnen. Sein Geschäft von früher hatte er mit gutem Gewinn verkauft. Das Geld lag auf der Bank zusammen mit seinen anderen Ersparnissen. Da konnte er einige Monate gut von leben – ohne spürbaren Verlust. Er wollte etwas Urlaub machen, an der See. Leben und Freiheit genießen. Danach würde er ein

Schreibwarengeschäft mit Lotto-Annahmestelle und Zeitungsverkauf aufmachen. Startkapital war vorhanden.

Er blickte wieder auf das Fenster über der Spüle. Dann raffte er sich auf und ging in seinen Raum und ins Bett. Eine unruhige Nacht wartete auf ihn. Das Übliche: je mehr er den Schlaf suchte, desto weniger kam der. Gegen zwei Uhr in der Früh glitt er in einen Dämmerzustand hinüber, in dem ihm die Bilder des Vortages immer wieder begegneten. Als er endlich um neun Uhr morgens erwachte, fühlte er sich wie gerädert. Aber da war ein Geistesblitz, eine Art Anstoß für etwas Neues. Er überlegte, was kam da auf ihn zu: die neue Freiheit, klar. Aber da war noch etwas. Ach ja: die Umkehr der Vergangenheit. – Er winkte innerlich ab. Unsinn. Spinnerei.

Im Haus war es still. Die beiden anderen Vögel waren ausgeflogen. Behördengänge machen. Arbeit suchen? – Als er wieder zum Fenster schaute, kam helles Licht von draußen herein. Er musste unbedingt noch mit Stefan Marks reden, bevor seine Schwester ihn abholte.

Heimkehr

Christiane Unkel hatte ihre Schwägerin nie leiden können. Sie hatte auch nicht getrauert, nachdem das passiert war. Nicht, dass sie den Totschlag gebilligt hätte. Sie hatte auch keine Genugtuung gespürt. Natürlich war das schrecklich, was dem Fred passiert war. Und unverzeihlich. Aber leid getan wegen seiner Frau hatte es ihr nicht. Und nun war er draußen, und er hatte ja auch seine Zeit abgesessen und gebüßt. So sah sie das.

Christiane Unkel war unverheiratet und gegenwärtig ohne Lebenspartner. Sie war drei Jahre jünger als Fred und immer eine stille Bewunderin seiner geschäftlichen Fähigkeiten gewesen. Da sie weniger Zutrauen zu sich selbst hatte als er zu sich, hatte sie sich von vornherein in einem abhängigen Beschäftigungsverhältnis wohl gefühlt und war Arzthelferin geworden und zufrieden.

Die letzte Woche hatte sie damit verbracht, alles für Freds Heimkehr vorzubereiten. Der Kühlschrank war gut gefüllt. Das Haus hatte sie putzen lassen, Laub aufgefegt draußen, trotz beginnenden Frühlings die Heizung noch einmal aufgedreht. Und die Batterie im Auto austauschen lassen, eine Probefahrt mit dem silbergrauen 3er BMW gemacht, nachdem sie vorher einen Kanister Super einfüllen musste. Nach vier Jahren, war nicht mehr viel im Tank geblieben. Jetzt stand er vollgetankt in der Garage.

Als sie Fred abholte, nahm sie ihren eigenen LUPO und kreuzte nach ihrer Arbeit um Punkt 17:00 Uhr in Rheinbach vor dem Gästehaus mit ihrem froschgrünen Wagen auf. Ihr Bruder stand schon am Bordstein, die Reisetasche neben sich. Er hatte Marks nicht mehr wieder gesehen. Der war wohl noch unterwegs. Nur Olle Herm war zweimal kurz aufgetaucht. Fred hatte ihm einen Zettel mit seiner Mobilnummer gegeben für Marks. Der solle sich mal melden. –

„Hallo Fred", die Schwester war ausgestiegen, und beide umarmten sich kräftig und lange: „Alles klar?"

„Alles bestens. Danke, dass Du gekommen bist. Ich bin froh, wenn ich gleich zuhause bin."

„Gleich ist gut. Weißt Du nicht, was um diese Zeit immer zwischen Godesberg und Siegburg los ist?"

„Immer noch so schlimm?"

„Jeden Tag schlimmer."

Christiane bugsierte ihr Auto aus Rheinbach hinaus, kam auf die Umgehung und hielt durch Obstplantagen auf Meckenheim zu. Am Kreuz Merl fuhr sie auf die A565. Kurz vor der Ausfahrt Hardtberg kamen sie zum Stehen. Dann ging es Füßchen vor Füßchen weiter über die Nordbrücke immer in Richtung Autobahndreieck Bonn-Nordost.

Von dort sollte es weiter gehen auf der A59 Richtung Kreuz Bonn-Siegburg und dann wäre es nicht mehr weit.

„Ich bin ganz aufgeregt, dass Du wieder da bist".

Christiane interessierte sich nicht für die Knastdetails. Die kannte sie schon aus vergangenen Freiganggesprächen: „Wie war die erste Nacht? War das Haus OK? Waren noch andere da?"

Fred berichtete ein wenig. Er wollte sich entspannen. Sich chauffieren lassen. An nichts denken. Es gelang ihm nicht so ganz. Auch Freiheit bedeutete Stress.

„Ich hab alles organisiert. Essensachen, Bier und so. Und Dein Wagen steht abfahrbereit in der Garage."

„Mensch, toll. Gut, dass ich Dich habe. Du bist die Einzige, die zu mir steht. Das vergesse ich Dir nie. Hast Du Unkosten gehabt?"

„Vergiss es."

„Aber der Sprit…."

„Kannst meine Kiste mal auftanken. Später. Alles gut."

Mittlerweile waren sie auf der Flughafenautobahn, der A59, angekommen. Jetzt ging es etwas flotter. Es war ja auch schon fast 18:00 Uhr. Am Kreuz Siegburg nahmen sie die A560 und von dort die zweite Ausfahrt. Unkels Haus befand sich etwas außerhalb am Hang einer kleinen Anhöhe. Gepflegte Wohngegend, im Rücken ein Waldstück, vorne der Ausblick auf die Stadt. Alles war noch so wie früher, wie vor vier Jahren.

***

Seine Schwester war heimgefahren, er war beim Chinesen gewesen und saß jetzt mutterseelenallein auf seiner cremefarbenen Couch mit der Fernbedienung in der Hand. Auf dem Couchtisch vor ihm standen eine angebrochene Flasche Dornfelder und ein halbleeres Weinglas. Es war erst kurz vor 21:00 Uhr. Fred Unkel langweilte sich.

Langsam trank er das Glas aus, verschloss die Flasche, schaltete den Fernseher aus und ging hinüber in sein Büro. Dort war es noch so aufgeräumt, wie er es damals verlassen hatte. Fast schon steril. Den Laptop, der jetzt auf seinem Schreibtisch lag, hatte er aus dem Gefängnis mitgebracht. Seit einem Jahr besaß er ihn. Christiane hatte ihn gekauft. Fred stellte die notwendigen Steckverbindungen her: Strom und DSL-Anschluss. Er hatte keine Ruhe, setzte sich hinter den Schreibtisch, schaltete die indirekte Beleuchtung an und loggte sich ein. Emails erwartete er nicht. Die letzten raren Exemplare hatte er gestern Morgen abgefragt: außer SPAM nichts gewesen. Er brauchte nur GOOGLE.

***

Vier Stunden später lehnte er sich erschöpft in seinen Bürostuhl zurück und massierte sich zuerst den Nacken, dann rieb er sich beide Augen gleichzeitig mit den Fäusten. Er musste aufhören. Er kriegte nichts mehr zusammen. Ihm schwirrte der Kopf.

Eingestiegen war er mit „Heisenberg". Von der Unschärferelation, von der Marks geschwafelt hatte, hatte er schon früher gehört und geglaubt, sie verstanden zu haben. Aber weder Wikipedia, noch Artikel von Universitäten, noch irgendwelche Blogs hatten ihm weiter geholfen: Ort und Zeit, Geschwindigkeit und Ort. Diese Paare konnte man nicht gleichzeitig beliebig genau bestimmen. Hatte irgendetwas mit dem Planckschen Wirkungsquantum zu tun, einer Naturkonstante, die in der Welt des Kleinen die wichtigste Rolle zu spielen schien. In der Quantenphysik.

Und das war seine nächste Suchspur gewesen. Er war nie besonders gut in den Naturwissenschaften gewesen. Er war ein Künstler, ein Kreativer, kein verkopfter Materialist, dessen Leben nur aus Logik bestand. Gut, vielleicht war diese emotionale Seite seines Charakters ja mit Schuld an dem fatalen Ereignis. Vielleicht hätte klarer, deduktiver Verstand ihn davon abgehalten, was er getan hatte. Warum suchte er eigentlich nach diesen Begriffen, von denen er doch nur Halbwissen erhalten konnte?

„Ich wollte, ich könnte das rückgängig machen."

Das hatte er nicht nur zu Stefan Marks gesagt, sondern hundert Mal und mehr zu sich selber in der Zelle, wenn er nicht einschlafen konnte.

„Ich wollte, ich könnte das rückgängig machen."

Wie denn?

Marks hatte ihm eine Spur von Hoffnung gegeben. Die saß jetzt fest wie eine Wanze in seinen neuronalen Gehirnwindungen. Und wenn das alles nur Science-Fiction-Gerede war – was würde es schaden, wenn er die Fährte aufnahm. Mehr als ein weiterer Fehlschlag konnte dabei nicht herauskommen. Der Kumpel von Marks, dieser Nico, hatte gemeint, so ein Zeitgerät müsse es eigentlich schon geben, aber diejenigen, die es gebaut hätten, würden es verstecken oder ableugnen, weil es zu gefährlich wäre. Er würde es niemals im Internet finden, aber vielleicht Hinweise.

Im Schnelldurchgang hatte er sich durch immer neue Aspekte der Quantenphysik gewühlt. Vor seinem inneren Auge tanzten solche Begriffe wie Dekohärenz, Verschränkung, Superposition. Alles schien sich aus überlagerten Zuständen zusammen zu setzen, bis man es anfasste oder maß. Dann würden die Dinge konkret. Und manche Zustände konnten sich über fast unendlich weite Entfernungen verständigen. Zeit und Ort. Was bedeuteten sie? Und dann hatte er von Paralleluniversen gelesen, unter denen alle Zustände möglich wären und ein Eigenleben führten. Was, wenn es ein Paralleluniversum gab, in dem er eine andere Entscheidung getroffen hatte und statt

Widerworte zu geben, den Streit einfach nur de-eskaliert hätte. Dann wäre darin nichts passiert.

Vielleicht gab es ein solches Universum, in dem er und Bettina jetzt noch beide lebendig und in einiger Harmonie zusammen lebten? Er könnte nie dorthin, aus technischen Gründen nicht, aber auch deshalb nicht, weil er dann zweimal im selbem Universum existieren würde. Es musste hier geschehen, in dieser Welt. Hier musste er die Maschine finden.

Dietrich-Bonnhoeffer-Haus

Verena Gärtner war leicht angesäuselt, als sie die Parkallee von der Bahnhofsunterführung Richtung Poppelsdorfer Schloss hinter sich ließ und in den Venusbergweg einbog. Sie war noch fröhlich, aber fror jetzt, denn nachts war es zu dieser Jahreszeit zum Frühlingsanfang noch recht frisch. Das hatte auch ein wenig geholfen, ihren Geist etwas zu klären. Es war jetzt 02:00 Uhr nachts, und sie hatte sich bei einer Kommilitonin, die in der Altstadt wohnte, verquatscht, nachdem beide vorher bis zur Schließungszeit mit anderen Freunden im Salvator einen Geburtstag gefeiert hatten. Das Starkbier und die Enzian-Schnäpse hauten ganz schön rein.

Sie wollte die vordere Eingangstür zum Dietrich-Bonnhoeffer-Haus aufschließen und stutzte. Das war seltsam. Um diese Zeit – das war verpflichtend in diesem Wohnheim der Evangelischen Studierendengemeinde – hatte die Tür verschlossen zu sein. Sie schloss hinter sich ab und trat in den dunklen Flur. Es war mucksmäuschenstill. Jetzt war wohl niemand mehr aktiv, und selbst die größten Nachteulen lagen längst in den Betten. Julia, ihre Zimmergefährtin wohl auch.

Verena schlich die Treppe hoch in den zweiten Stock. Auf den Aufzug verzichtete sie, um niemanden zu wecken. Oben nahm sie den linken Flur bis Nummer 20. Sie stutzte noch einmal, als sie die Wohnungstür aufschließen wollte. Auch die war unverschlossen. So leichtsinnig war ihre Kollegin doch wohl nicht? Sie trat ein und betätigte den Lichtschalter in dem kurzen Eingangsflur und schloss hinter sich ab. Nichts zu hören. Dann öffnete sie die Glastür zur gemeinsamen Wohnung. In der

Küche war, wie zu erwarten, niemand, aber die Tür zu Julias Zimmer stand einen Spalt breit offen. Dahinter war es dunkel.

Vielleicht ist sie ausgeflogen? Vielleicht hatte sie etwas Dringendes zu erledigen? War in Hast fortgegangen? Hatte dabei vergessen, die Wohnungstür und den Haupteingang abzuschließen? Sie zögerte, in die Privatsphäre ihrer Wohnungspartnerin einzudringen. Wenn die jetzt nicht allein wäre? Aber die Unruhe war größer. Sie vergrößerte vorsichtig den Spalt zu Julias Zimmer, und bei dem Licht aus dem Eingangsbereich, das durch die trübe Glasscheibe drang, konnte sie nur erkennen, dass ihre Gefährtin anscheinend im Bett lag und schlief. Sie schloss vorsichtig die Tür und ging dann leise in ihr Zimmer.

***

Als Verena Gärtner am anderen Morgen aufwachte, war es bereits 10:00 Uhr vorbei. Es dauerte ein paar Minuten, bis sie zu sich fand. Ach ja, gestern war Party gewesen, aber sie fühlte sich ganz gut, hatte etwas Durst. Und heute würde sie nichts Großes verpassen. Die erste Vorlesung, die sie interessierte, begann erst um 14:00 Uhr c.t.: „Inklusion in Grundschulen". Von der anderen Seite war auch noch nichts zu hören. Oder war Julia schon weg? Die war normalerweise sehr pflichtbewusst und wahrscheinlich schon im Institut in der Nussbaumallee. Jetzt fiel es ihr wieder ein: sie musste sie zur Rede stellen wegen der unverschlossenen Wohnungstüre letzte Nacht. Die Haustüre – das konnte auch jemand anders gewesen sein.

Als sie in die kleine gemeinsame Küche trat, war noch alles so picobello aufgeräumt wie am Abend zuvor. Julia hatte gestern Küchendienst gehabt, und sie hatte in ihrer Gründlichkeit sämtliches Geschirr in die Spülmaschine geräumt. Nichts stand herum. Die Kaffeemaschine war heute Morgen auch noch nicht benutzt worden, keine schmutzigen Tassen, keine Teller mit Brötchenkrümel. Dabei war es jetzt bereits fast 10:30 Uhr. Verena machte sich ernstlich Sorgen. An diesem Morgen musste ihre Mitbewohnerin längst in der Mathematik-Vorlesung sein. Sie ließ nie eine aus. Etwas stimmte hier nicht. Vielleicht war sie krank und hatte deshalb vergessen, abzuschließen. Weil ihr Kopf nicht so ganz klar gewesen war gestern Abend.

Die Zimmertüre gegenüber war geschlossen. Verena klopfte an:

„Julia!?"

Keine Antwort. Noch mal.

„Julia!?"

Sie drückte die Klinke runter und öffnete. Drinnen war es dunkel. Die Jalousien waren noch herabgelassen. Sie drückte den Schalter neben der Tür, das Licht flackerte an, und Verena Gärtner blickte in die starren toten Augen ihrer Mitbewohnerin, die in einer Blutlache auf ihrem Bett lag.

Für einen Moment regte sich nichts in ihrem Kopf. Sie war wie gelähmt. Ihr Blick scannte unbewusst die Szenerie vor sich: von der Kehle ihrer WG-Genossin hatte sich das Blut über das Laken und teilweise über das zurückgeschlagene Oberbett ergossen und war seitlich vom Bett auf den flauschigen weißen Teppich getropft. Und das Gesicht der jungen Frau war bunt und blau angelaufen. Dann reagierte Verena, wie jeder reagiert im Angesicht einer solchen Entdeckung: sie schrie laut auf: schrill und lang gezogen.

***

Als Hauptkommissar Thorsten Klein eintraf, waren die rot-weißen Bänder schon ausgespannt. Der uniformierte Beamte am Eingang wies ihn in die zweite Etage. Dort waren die Spurensicherungsleute schon an der Arbeit, Kommissar Sven Kessenich sah Ihnen dabei zu. Klein trat hinzu und warf einen

Blick auf die Leiche. Einer von den Technikern bemerkte ihn:

„Hat schon länger gelegen, bevor die entdeckt wurde. Das Blut ist schon ziemlich trocken."

„Wer hat sie gefunden?" Klein wandte sich an Kessenich.

„Ihre Mitbewohnerin. Die ist nebenan", Kessenich deutete mit dem Kopf in Richtung Verena Gärtners Zimmertür. Klein klopfte an und ging rein. Drinnen saß eine völlig verstörte und verweinte junge Frau mit langen, schwarzen, aufgelösten Haaren, in Jeans und rotem Sweatshirt auf der Bettkante und daneben, händchenhaltend, eine Frau mit kurzen, dunkelblonden Haaren. Die kräftige Frau mochte etwa Anfang 40 sein.

„Guten Morgen. Entschuldigen Sie die Störung. Mein Name ist Klein, Kriminalpolizei. Ich leite die Ermittlungen hier und suche nach der Person, die die Leiche gefunden hat."

Die Frau neben dem jungen Mädchen stand auf und bugsierte Klein hastig aus dem Raum, indem sie über ihre Schulter dem Mädchen zurief:

„Bin gleich wieder da."

Und, nachdem sie die Tür hinter sich zugemacht hatte, zu Klein:

„Das geht überhaupt nicht. Nicht jetzt und in diesem Zustand, in dem sie sich befindet. Elke Niemann. Ich bin die Studierendenpfarrerin und leite dieses Haus."

„Dies soll hier kein formelles Verhör sein, Frau Niemann. Es sind nur einige wenige Fragen …."

Elke Niemann wusste aus ihrer seelsorgerlichen Tätigkeit, dass nach einem Trauma sich nur etwa 20% der Betroffenen einem Notfallseelsorger anvertrauen wollen. Alle anderen versuchen, auf ihre Art und Weise mit dem Vorfall fertig zu werden. Aber die ersten 24 Stunden waren entscheidend. Wenn da kein Entschluss gefasst wurde, blieb es dabei, und das Trauma würde bei vielen dann später immer wieder an die Oberfläche kommen – noch nach Jahren. Und Verena Gärtner war so eine, die musste jetzt betreut werden, sonst machte die zu. Das versuchte Pfarrerin Niemann dem Hauptkommissar klar zu machen. Klein dachte nach. Dann rief er Kessenich:

„Wo ist Mariechen?"

„Tanja ist unterwegs. Sie muss jeden Augenblick hier sein."

„OK." Klein wandte sich wieder an die Pfarrerin: „Es kommt gleich eine junge Kollegin. Die ist sehr einfühlsam. Vielleicht könnte die ja mit Ihnen gemeinsam die ersten Fragen klären, wenn Sie einverstanden sind."

Elke Niemann dachte kurz nach, dann stimmte sie durch Kopfnicken zu. Der Hauptkommissar war Respekt einflößend und hätte auf Verena in ihrer jetzigen Lage eher abschreckend gewirkt. Eine Polizistin war vielleicht erträglicher.

„Danke", sagte Klein: „Aber in dem Zimmer geht das nicht. Wir brauchen einen neutralen Raum, wo man ungestört ist."

„Würde mein Büro reichen?"

„Eigentlich nicht. Da verbindet die junge Frau – die ist das doch, über die wir reden oder? – wieder etwas mit Ihrer Autorität, und das beeinflusst dann ihr Denken und Sagen."

„Gut, wenn Sie meinen. Wir haben ein kleines Clubzimmer unten. Da geht das auch."

Sie verschwand wieder in Verenas Zimmer und ließ den Hauptkommissar auf seine Mitarbeiterin warten.

**

Sie saßen zu dritt um den Couchtisch auf Kunstledersesseln, deren Gebrauchsspuren nicht zu übersehen waren. Tanja Maurer hatte sich vorgestellt. Ihr ging es im Moment nur um die ganz einfachen Tatbestände: Uhrzeit des Auffindens, letztes bemerktes Lebenszeichen und wann, persönliches Verhältnis untereinander, tägliche Routine. Nachdem es bei den ersten Fragen ziemlich glatt gelaufen war, wagte Maurer den Versuch:

„Kann ich Frau Gärtner noch fünf Minuten alleine befragen?"

Zögern. Blickaustausch zwischen Niemann und Gärtner. Verena nickte. Niemann ging.

„Gibt es etwas, das Du mir anvertrauen möchtest, das uns vielleicht weiterhelfen kann?"

Verena schüttelte den Kopf.

„Wir suchen ja ein Motiv. Und jede Facette des persönlichen Lebens von Frau Theil könnte uns da helfen."

„So gut kannten wir uns auch nicht. Wir sind nur ein- oder zweimal zusammen ausgegangen. Jede war eigentlich für sich, obwohl wir uns gut verstanden hatten."

Verena Gärtner hatte tatsächlich kein inniges Verhältnis zu ihrer Mitbewohnerin gehabt. Dazu waren ihre Interessen auch zu verschieden gewesen.

Das fing schon bei den Studienfächern an: Julia Physik und sie Sozialpädagogik. Der Schock, den sie erlitten hatte, war der Schock, den der Anblick einer entstellten Leiche auslöst. Sie war nur ein wenig traurig, was Julia persönlich anging.

„Dann frage ich einmal ganz direkt nach zwei Dingen. Hat Frau Theil Drogen konsumiert?"

„Absolut nicht. Die trank nicht einmal Alkohol. Die wollte immer einen klaren Kopf behalten für ihr Studium."

„Was hat sie denn studiert?"

„Physik. Ich meine, so etwas wie Teilchenphysik oder so."

„Hat sie mal einen Namen erwähnt, einen Professor oder Dozenten?"

„Ja, gelegentlich fielen auch Namen, aber die hab ich mir nicht gemerkt. Ihr Institut ist in der Nussbaumallee."

„Und eine andere Frage, auch wieder ganz persönlich: hat sie einen Partner gehabt oder irgendeine nähere Beziehung?"

„Julia hatte einen Freund, der sie gelegentlich besuchte. Und sie fuhr auch öfters hin. Der studiert in Göttingen."

„Wann war der zum letzten Mal hier?"

„Ja, so vor vierzehn Tagen."

„Kennen Sie seinen Namen."

„Nur den Vornamen: Timo. Mehr weiß ich auch nicht."

„Danke. Das soll für heute reichen. Wir werden Sie später sicher noch einmal befragen."

Ramersdorf, Königswintererstrasse

Sie standen im kleinen Besprechungsraum vor den Pinnwänden, die jetzt noch leer waren: Klein, der hagere Sven Kessenich und die kleine Tanja Maurer, alle drei den obligatorischen Pappbecher in der Hand:

„Wir haben 70 Verdächtige ohne Alibi", begann Kessenich.

„Mehr", meinte Wolter: „Die 67 Mieter im Studentenheim, die wohl alle die Nacht dort verbracht haben …. gut … es können auch weniger gewesen sein, wenn die in der Nacht nicht da waren, aber 67 waren registriert. Dann der Hausmeister, eine Büro-Angestellte und die Pfarrerin. Das ist das unmittelbare Umfeld. Die Angestellte fällt Alibi-mäßig raus. Die hat die Nacht da nicht verbracht, aber alle anderen wohl. Dann kommen die Leute hinzu, die wir überhaupt noch nicht kontaktiert haben, Studienkollegen, Lehrkräfte, Freunde und Bekannte."

„Eine wichtige Information muss ich gleich loswerden. Ich habe mit dem Hausmeister gesprochen", warf Kessenich ein: „Der hat die Theil reingelassen an dem Abend. Die hatte ihr Schlüsselbund verloren. Er war zuhause. Hat dort im Heim eine Wohnung, und sie hat geklingelt. Sonst wäre sie gar nicht rein gekommen."

„Das wirft die Lage über den Haufen. Wir suchen möglicherweise nach einer Person, die jetzt im Besitz des Schlüssels ist. Wir müssen rekonstruieren, wo sich die Frau seit gestern morgen aufgehalten hat, mit wem sie gesprochen hat und so weiter. OK. Aufgabenverteilung: Ihr fangt mit dem Mühevollen an. Alle Mieter des Hauses befragen, inklusive der Leiterin und dem Hausmeister. Damit seid Ihr die nächsten zwei, drei Tage beschäftigt. Ich nehme mir die Uni vor. Und wegen der Details von heute Morgen laden wir Frau Gärtner ins Präsidium ein. Für morgen früh."

„Was ist mit den Eltern?"

„Wann wollten die denn kommen? Die müssen doch identifizieren."

„Bin noch nicht dazu gekommen", gab Tanja Maurer zur Antwort und schüttelte ihre Locken.

„OK. Mach das zuerst. Dann wie besprochen. Morgenfrüh haben wir den Obduktionsbericht und die Ergebnisse von der SpuSi."

***

Thorsten Klein rief in der Rheinischen Friedrich-Wilhelms-Universität Bonn an, und erkundigte sich, ob er in einer halben Stunde noch jemanden in der Verwaltung antreffen würde. Nach positivem Bescheid fuhr er über die Südbrücke an der Rheinaue vorbei und nahm die Ausfahrt, die ihn

Richtung Post-Tower brachte, bis er sich schließlich auf der B9 befand, von der er in den Abzweig Richtung Innenstadt auf der Adenauerallee einbog, vorbei am Museum König und nach wenigen hundert Metern links in die Tiefgarage der Universität. Von dort brauchte er nur die Treppe hoch, und er befand sich im Hauptgebäude mit den Verwaltungsbüros.

Er hatte sich im Büro des Kanzlers angemeldet, aber er wusste, dass der Kanzler sich zurzeit in Oxford aufhielt. Ihm genügte zunächst das Sekretariat, da er sich in der Verwaltungshierarchie nicht auskannte. Mit einer der Vorzimmerdamen hatte er telefoniert, aber sein konkretes Anliegen noch nicht vorgebracht. Er klopfte an und trat sofort ein.

„Guten Tag. Mein Name ist Klein, Hauptkommissar der Kriminalpolizei. Wir hatten telefoniert."

Er zeigte seinen Dienstausweis.

„Ja, Herr Klein. Ich hatte Ihnen ja gesagt, dass Herr Beyer nicht im Hause ist, aber vielleicht kann ich Ihnen helfen. Worum geht es denn?"

Die ältere Dame mit der grauen Dauerwellenfrisur blickte über ihre Goldrandbrille hinweg den Polizisten an, als wolle sie ihm ihre ganzen 35 Jahre Universitätsverwaltungs- und Vorzimmererfahrung aufbürden. Klein schaute auf den Stuhl, der sich neben dem Schreibtisch der Dame befand, aber sie sagte nichts weiter.

„Wir ermitteln in einem Mordfall an einer Ihrer Studentinnen. Ich bitte um äußerste Diskretion. Um in der Sache weiter zu kommen, benötige ich Informationen über die Vorlesungen, die sie besucht hatte, damit wir ihre Kontakte überprüfen können."

Der Zerberus war noch eine Spur bleicher geworden als vorher, ihre Haare schienen noch um eine Nuance grauer;

„Einen Augenblick. Bitte setzen Sie sich doch. Ich versuche mal, ob ich die Stellvertreterin von Herrn Beyer finden kann."

Sie griff zum Telefon und hatte sofort jemanden an der Leitung.

„Die Frau Mohrmann kommt gleich."

Fast im selben Augenblick öffnete sich die Tür, und eine elegante Frau im mittleren Alter mit braun-weiß gestreiftem Halstuch und orangefarbenem Blazer blieb im Rahmen stehen und blickte fragend in Richtung Klein:

„Mohrmann. Sind Sie der Herr von der Polizei?"

„Klein. Ja, der bin ich."

„Dann kommen Sie bitte mit in mein Büro. Da können wir uns ungestört unterhalten."

Beim Hinausgehen sah Klein noch, wie der Zerberus bereits zum Hörer griff und anfing, eine Nummer zu wählen.

***

Klein benötigte die Akte von Julia Theil: Studienfächer, Vorlesungen, Seminare, Labors,

Dozenten. Man gab ihm, was er brauchte. Diese Informationen stammten aus unterschiedlichen Quellen, sodass man ihn auf den nächsten Tag vertröstete. Er würde alles per Email erhalten. Und so war es auch. Am nächsten Morgen, als er in sein Büro kam und seinen Rechner hochgefahren hatte, fand er eine Nachricht mit drei Datei-Anhängen: das Vorlesungsbuch der Studentin mit den belegten Angeboten, eine Auflistung der Vorlesungen und Seminare mit Ort und Uhrzeit, eine EXCEL-Tabelle ihrer Ansprechpartner und Dozenten, extra zusammengestellt.

Klein rief seine Leute kurz in sein Büro:

„Wie weit seid Ihr mit den Vernehmungen im Wohnheim? Gibt's irgendetwas Durchschlagendes?"

Man war etwa bei einem Drittel derer angekommen, die erreichbar waren. Auffallende Erkenntnisse waren bis jetzt Fehlanzeige. Klein würde sich heute die Dozenten vornehmen und insbesondere versuchen, ihren Tagesablauf vor ihrer Ermordung nachzuzeichnen. Tanja Maurer warf ein:

„Heute kommen die Eltern wegen der Obduktion. Sie reisen aus Braunschweig an. Wer soll dabei sein?"

„Mach Du das, und sieh zu, dass wir den Bericht der Obduktion bekommen."

So gingen sie auseinander.

Klein zog sich in sein Büro zurück und sichtete die Unterlagen der Universitätsverwaltung. Dann rief er die Pathologie an. Ihm ging es insbesondere um den Todeszeitpunkt. Man gab ihm einen Schätzwert. Demnach musste der Mord noch vor 24:00 Uhr geschehen sein. Tatwaffe: ein scharfes Messer mit einer Klinge, die nicht länger als 15 cm gewesen war. Er rief Kessenich und Maurer auf ihren Mobiltelefonen an. Sie sollten sich bei den weiteren Vernehmungen auf Geschehnisse vor Mitternacht in dem Gebäude konzentrieren. Er fand im Vorlesungsverzeichnis die Veranstaltungen für den Tag der Tat, bei denen die Theil eingeschrieben war – und die Dozenten dazu. Freundlicherweise hatte man ihm deren Kontaktdaten mitgeliefert. Morgens von 10:00 bis 12:00 Uhr war messtechnisches Labor in der Nussbaumallee vorgesehen gewesen – Dozent Dr. Gerd Schmeling. Ein alter Bekannter. Den würde er sich als Ersten vornehmen.

Havanna

Es war Gerd Schmelings großer Tag. Noch vor Beginn des messtechnischen Seminars hatte er mit seiner Lektorin telefoniert, und die hatte ihm die Zusage gemacht, dass der Verlag für sein neues Buch „Teilchenbeschleuniger" für die Kosten der Interview-Reisen zu den großen Forschungseinrichtungen aufkommen würde. So könnte er also CERN in Genf, DESY in Hamburg und GSI in Darmstadt wie geplant aufsuchen. Na ja, Stanford und FermiLab in den USA waren natürlich außen vor. Da musste er sich mit den Presseabteilungen auseinandersetzen, wenn er Detail-Informationen haben wollte.

Nach dem Seminar fragte er die einzige Studentin in der kleinen Gruppe, ob sie Lust hätte auf einen Snack mit ihm zu Mittag im Havanna, einem Straßencafé, keine zweihundert Meter vom Helmholtzinstitut an der Nussbaumallee entfernt. Julia Theil gehörte zu den Besten in diesem Semester. Er mochte sie, weil sie fleißig, ernsthaft und ehrgeizig war; sonst war da nichts. Alles Andere wäre undenkbar gewesen. Ein Prof mit einer Hörerin: das konnte Existenz gefährdend sein.

Sie saßen drinnen, obwohl draußen schon alles für die wärmere Jahreszeit aufgestellt war, Tische und Stühle und Speisekarten. Aber ihnen war es dann doch noch zu frisch. Es war wenig los in dem Lokal. Das Semester hatte gerade erst angefangen. Julia bestellte sich einen Salat mit Putenbruststreifen und Schmeling ein Chef-Sandwich. Zwei kleine Tische weiter saß ein Mann, etwa vierzig Jahre alt, dessen Haare sich oben auf dem Kopf zu lichten begonnen hatten. Sein Habit verriet, dass er nicht dem Universitätsmilieu angehörte, dazu war er zu konservativ gekleidet: braune, weite Cordhose, ein teures Oberhemd mit dezenten rot-grünen Längsstreifen, darüber einen dunkelblauen Blazer. Der Mann las im General-Anzeiger.

„Ich habe tolle Nachrichten", begann Schmeling, nachdem sie ihre Bestellung erhalten hatten. „Habe heute morgen mit dem Verlag gesprochen. Die bezahlen meine Interview-Reisen für mein Buch. Zu den großen Labors."

„Für das Teilchenbeschleuniger-Buch?"

„Ja, genau."

„Und wohin geht's?"

„Nach Genf, CERN, DESY, Hamburg und nach Darmstadt."

„Was ist in Darmstadt?"

„GSI."

„Was machen die?"

„Gesellschaft für Schwerionenforschung. Wie der Name schon sagt. Die entwickeln gerade eine komplett neue Beschleunigerlandschaft. Sehr interessant."

„Schön. Klingt ja aufregend."

Schmeling schwärmte noch einige Zeit weiter, und als er sein Sandwich verputzt hatte, stand er plötzlich auf: „Du, ich hab noch einen Termin beim Alten. Ich lass Dich jetzt. Du hast ja Zeit, oder hast Du gleich noch etwas vor? Iß in Ruhe Deinen Salat auf."

„Nee. Ich habe heute keine Verpflichtungen mehr. Ich fahre gleich noch in die Stadt, was einkaufen. Heute Nachmittag arbeite ich die Messblätter nach. Tschüss."

**

Schmeling war gerade verschwunden, als der Nachbar seinen Generalanzeiger auf die Seite legte, sich zu Julia umdrehte, sie kurz musterte und dann rüberrutschte:

„Entschuldigen Sie, dass ich Sie belästige, aber haben sie fünf Minuten Zeit für ein paar laienhafte Fragen?"

„Worum geht es?" Die Studentin runzelte die Stirn. Sie schien nicht sehr begeistert von diesem Kontakt.

„Ich konnte nicht anders, aber Ihr Kollege sprach ja recht laut. Und so stellte ich fest, dass Sie beide wohl Physiker sind. Bei meinem Interesse geht es darum."

„OK." Sie rückte etwas zur Seite und blickte in ihre leere Kaffeetasse.

„Ich bin kein Naturwissenschaftler, sondern Kaufmann, aber ich interessiere mich brennend für bestimmte Gebiete der Physik. Ich hatte neulich ein Gespräch mit jemandem, der von der Sache mehr versteht. Diese Person hat mir allen Ernstes glaubhaft machen wollen, dass es so eine Art Reset-Knopf geben könnte, um die Zeit noch einmal zurücksetzen zu können. Und das lässt mich nicht los, wenn so etwas möglich wäre."

Der Mann blickte Julia Theil fragend und lächelnd an. Die seufzte tief.

„Hat der auch gesagt, wie das funktionieren soll?" fragte sie ironisch.

„Ja, er meinte, das hätte etwas mit der Heisenbergschen Unschärferelation zu tun. Ich habe mal gegoogelt, aber so ganz habe ich das nicht verstanden."

„Und wie soll das damit funktionieren?"

„Ja, also, wenn man zum Beispiel einen Strahl hat, dann weiß man doch entweder, wo sich ein Teilchen gerade befindet, aber nicht genau wann. Wenn man aber den Zeitpunkt kennt, dann weiß man nicht genau, wo das Teilchen gerade ist. Das stimmt doch, oder?"

„Na ja, so ungefähr, ja."

„Also, diese Zeitspanne, in der sich ein Teilchen bewegt, die ist ungenau. Darum, wenn also der Hauptanteil des Lichts ankommt, kann es sein, das wegen der Ungenauigkeit schon ein geringer Teil des Lichtstrahls vorher ankommt, und wenn man das entdecken würde und sehr schnell wäre, dann könnte man etwas ändern, bevor der Hauptstrahl ankommt und das Ganze wäre ungültig. Sagen wir, schnell den Hauptstrahl so ablenken, dass der Vorbote sozusagen gar nicht hätte ankommen dürfen. Dann hätte man die Vergangenheit geändert, oder den Verlauf der Dinge umgebogen oder so."

„Hört sich lustig an, aber erstens müsste dieser Ablenkmechanismus schneller als das Licht sein, und das geht nicht. Und zweitens, wenn Sie da eingreifen, dann hätten Sie die Position des Lichtteilchens fixiert, und das wär´s. Aber angenommen die Theorie würde stimmen, wie wollten Sie denn damit die Zeit zurücksetzen?"

„Ja, ich dachte, wenn man einen Apparat bauen würde, der dieses Zurechtrücken automatisch machte – sozusagen auf Knopfdruck, dann müsste sich doch die ganze Welt, also unser Universum und alles, auch so zurück ändern, dass das wieder passt. Und das ginge nur, dachte er, wenn die Welt wieder ganz von vorne beginnt."

„Da steckt eine gewisse Logik drin. Aber. Wie gesagt. Vergessen Sie das Ganze. Das ist höchstens Science Fiction und hat mit Physik nichts zu tun."

Der Mann schaute sie kritisch an. Er schien ihr nicht glauben zu wollen.

„Der, mit dem ich darüber gesprochen habe, der meinte, dass es wohl schon so einen Apparat geben müsste, aber wegen der Missbrauchsgefahr geheim gehalten würde. Irgendwo auf der Welt."

„Tatsächlich?"

„Wer würde wohl so etwas geheim halten wollen?"

Jetzt grinste die junge Frau: „Ich tippe mal auf Greifswald."

„Wieso Greifswald?"

„Da steht der Rest vom größten Kernreaktor der ehemaligen DDR. Und wenn etwas geheim gehalten werden konnte, dann wohl dort und dann. War interessant, mit Ihnen zu plaudern, aber ich muss jetzt los. Schönen Tag noch."

„Danke für Ihren Tipp. Auf Wiedersehen."

Das Mädchen zahlte am Tresen und verschwand. Der Mann war nicht unzufrieden. Es war klar, dass die nicht damit herausrücken wollten, aber er hatte einen Hinweis bekommen. Er hatte eine Spur. Und eines war auch klar: auch er musste die Sache ab jetzt für sich behalten. Er konnte keine Mitwisser mehr gebrauchen. Er musste alle Spuren verwischen.

***

Julia Theil machte ihre Besorgungen in der Bonner Innenstadt und kehrte dann noch einmal ins Helmholtz-Institut an der Nussbaumallee zurück. Im Parterre auf dem Flur traf sie Schmeling. Sie unterhielten sich kurz und die Studentin erzählte ihm lachend von ihrer Begegnung mit dem komischen Kauz im Havanna:

„Und dann habe ich ihn voll verarscht und nach Greifswald verwiesen. Soll er doch hinfahren. Der wird sich wundern."

„Hast Du ihn zum Wendelstein verwiesen?"

„Auf keinen Fall. Ich hab ihm das alte KKW genannt."

„Wendelstein" ist die Projektbezeichnung für eine Fusionstestanlage im Max-Planck-Institut für Plasmaphysik in Greifswald. Die bei der Kernfusion freigesetzte Energie ist um Größenordnungen höher als bei der Kernspaltung. Die technischen Herausforderungen für eine kontrollierte Fusion sind enorm. Ziel ist es, die Energie, die durch eine kontrollierte Kernfusion frei wird, so abzuleiten, dass durch einen Wärmetauscher Generatoren betrieben werden können, die elektrischen Strom erzeugen. Es gibt zwei wichtige Forschungsrichtungen, die sich mit praktikablen Fusionsmaschinen befassen. Der eine Zweig setzt auf magnetischen Einschluss, der andere auf Laserimplosion. Das Wendelstein X 7 Projekt verfolgt den magnetischen Einschluss. Dabei muss es gelingen, ein 100 Millionen Grad heißes Plasma über einen solch langen Zeitraum zu stabilisieren, dass eine kontinuierliche, sich selbst erhaltende Fusion möglich wird.

***

Es war schon spät, als Fred Unkel seinen Wagen langsam in die Auffahrt vor seinem eleganten Haus einfuhr. Er betätigte die Fernbedienung, und sein Garagentor schwang geräuschlos nach oben. Er fuhr hinein, stellte den Motor ab, stieg aus und ging noch einmal nach draußen. Normalerweise konnte er sein Haus von der Garage aus durch die Seitentür betreten, aber heute musste er noch die graue Mülltonne in die Garage stellen.

Er ging das kurze Stück bis zur Straße zurück und holte die Tonne. Als er sich wieder Richtung Haus umwandte, gewahrte er einen Mann auf dem

Bürgersteig, etwa zwanzig Meter entfernt. Der Mann trug einen dunklen Regenmantel, hatte einen deutlichen Bauchansatz und stand unbeweglich da. Der Mann rauchte, denn Fred Unkel sah das Glimmen der Zigarette. Als er sich dem Fremden zuwandte, drehte der sich um und verschwand in der Dunkelheit. Fred Unkel stellte die Tonne in die Garage, ließ das Tor hinunter und ging ins Haus. Auf dem Fußboden hinter der Fronttür lagen einige Infopost-Umschläge. Nichts Besonderes. Stefan Marks hatte sich immer noch nicht gemeldet.

Hauptkommissar Klein ermittelt.

Klein und Schmeling hatten einmal indirekt miteinander zu tun gehabt, als Erik Schlee, Dozent an der Universität Frankfurt und Sportskamerad im Fußballverein in Niederbachem, seinen Kollegen Gerd für eine Materialanalyse in dem Mordfall des Bernsteinhändlers eingespannt hatte. Der Polizist kannte seinen Namen also nur vom Hörensagen und wusste, dass er der Polizei einmal einen großen, unbürokratischen Gefallen getan hatte. Jetzt ging es darum, den Ablauf des letzten Tages von Julia Theil zu rekonstruieren. Klein hatte sich zum Helmholtz-Institut begeben und suchte Schmeling in dessen Büro auf. Schmeling war ein behäbiger Typ mit ausgeprägtem Bauch unter einem zu engen weißen Sweat-Shirt, Halbglatze und Vollbart.

Klein hatte seinen Gesprächspartner nicht vorgewarnt, aber der schien vorbereitet zu sein. Sein Schreibtisch schien für einen Labor-Akademiker ungewöhnlich aufgeräumt. Nicht einmal der obligatorische Kaffee-Pott stand neben dem Bildschirm. Klein hatte sich nicht getäuscht. Als er vorsichtig mit der schlechten Nachricht von Theils Tod eröffnete, traf er auf einen gefassten Laborleiter, der nickte. Seine Stimme klang sicher und trocken:

„Ich weiß schon Bescheid. Bitte nehmen Sie doch am Besprechungstisch Platz."

Er wies auf einen kleinen runden Tisch mit zwei unbequemen Sesseln in der Ecke des Büros, dessen Wände mit Fotos und Zeichnungen von Detektoren und anderen technischen Anlagen bedeckt waren. Er bot dem Hauptkommissar Mineralwasser an.

„Danke. Woher haben Sie diese Information?"

Natürlich konnte das aus dem Wohnheim kommen. Die Presse würde erst heute Nachmittag informiert werden.

„Von Frau Mohrmanns Sekretärin aus der Verwaltung.“

„Aha“, Klein hatte sich nicht getäuscht. Der Zerberus hatte nicht dicht gehalten.

„Bevor ich Ihnen einige Fragen stelle, möchte ich mich noch einmal persönlich für die unkonventionelle Hilfe damals wegen der Uran-Probe bedanken. Das war wirklich schnelle und effektive Hilfe. Also, nochmals: herzlichen Dank.“

„Keine Ursache. Wir tun, was wir können. Und Dr. Schlee habe ich ja noch einen Gefallen geschuldet.“

„Gut. Herr Schmeling, uns ist es wichtig, dass wir den Ablauf des letzten Tages von Frau Theil so lückenlos wie möglich rekonstruieren. Deshalb bin ich hier. Gestern Morgen haben Sie ein messtechnisches Seminar gegeben, für das sich Frau Theil eingetragen hatte. Ist sie da erschienen?“

„Ja, sie war da wie immer, sie war eine der Besten und Zuverlässligsten aus der Gruppe. Wir sind sogar anschließend zusammen ins Havanna gegangen und haben dort etwas zu Mittag gegessen."

„Sie Beide?"

„Ja."

„Ist das üblich, dass Dozenten mit ihren Hörern zusammen Essen gehen."

„Es kommt schon mal vor, aber das war ja kein großartiges Essen gehen. Das war so, als wären wir zum Schnellimbiss gegangen. Verstehen Sie? Wir hatten den gleichen Weg und das gleiche Ziel. Warum soll man sich da nicht an denselben Tisch setzen oder jeder für sich so tun, als wären wir Fremde."

Schmeling lehnt sich etwas zurück und beobachtete sein Gegenüber aus zusammen gekniffenen Augen. Klein machte eine kurze Pause, bevor er die nächste Frage stellte:

„ Sie haben also zusammen gegessen …. Und dann?"

„Ich hatte wenig Zeit und bin vor ihr gegangen. Sie hat dann wohl in Ruhe zu Ende gegessen."

„Gab es einen Grund dafür, dass Sie so schnell weg mussten?"

„Ich hatte noch einen Termin bei meinem Chef."

„Worum ging es dabei?"

Schmeling seufzte:

„Ich kann mir nicht vorstellen, dass das etwas mit dem Schicksal von Frau Theil zu tun haben könnte. Aber bitte: Ich verfasse gerade ein Buch über Teilchenbeschleuniger. Und eben an dem Morgen bekam ich einen Anruf von meiner Lektorin, dass der Verlag die Kosten für einige Reisen zu einigen bekannten Laboratorien bewilligt hat. Darum ging es bei dem Gespräch mit meinem Chef. Und übrigens – das wird auch ein Grund dafür sein, dass ich in den nächsten Wochen nicht immer verfügbar sein werde, falls Sie noch Informationen benötigen.“

„Wohin geht's denn?“

„Wenn Sie es genau wissen wollen: nach CERN in Genf, zum DESY in Hamburg und zur Gesellschaft für Schwerionenforschung in Darmstadt.“

„In dieser Reihenfolge?“ Klein hatte sich die Orte notiert.

„Das kann ich jetzt noch nicht sagen. Ich muss doch erst die Termine vereinbaren. Da ist noch nichts geschehen.“

Wieder entstand eine Pause. Schmeling rutschte auf seinem Sessel hin und her.

„War das das letzte Mal an dem Tag, dass Sie Frau Theil gesehen hatten?“

„Nein. Frau Theil hatte mir gesagt, dass sie noch Besorgungen in der Innenstadt erledigen wollte. Sie ist dann später ins Institut zurück gekommen. Ich habe sie auf dem Flur getroffen.“

„Wann war das? Welche Uhrzeit?“

„So gegen halb drei, drei Uhr."

„Ist Ihnen da etwas aufgefallen an ihrem Betragen?"

„Nein. Sie war gut gelaunt wie immer. Ich habe nichts Auffälliges bemerkt."

„Andere Frage: Trug Frau Theil gewöhnlich eine Damenhandtasche oder eine andere Tasche mit sich?"

„Dazu kann ich nichts sagen. Wissen Sie, die Studenten bewahren ihre Sachen in unterschiedlichen Behältnissen auf: Stofftaschen, Rucksäcke, Aktenkoffer. Kann ich nichts zu sagen. So genau habe ich sie nicht beobachtet."

***

Es war Spätnachmittag, als die drei Polizisten wieder in Kleins Büro zusammen trafen. Klein berichtete kurz von seinem Gespräch mit Schmeling, aber deutete gleichzeitig an, dass er ihn für unbeteiligt hielt. Keine Observation für den

Augenblick. Maurer und Kessenich hatten ihre Befragungen nahezu abgeschlossen. Sie hatten von jedem Bewohner des Heims Fingerabdrücke genommen. Der Abgleich stand noch bevor. Es fehlten noch die von sechs weiteren Leuten und deren Aussagen, die sie momentan nicht erreichen konnten. Acht hatten an dem fraglichen Abend externen Besuch gehabt. Die Namen waren notiert worden. Dabei handelte es sich ausschließlich um Personen, die entweder zur Universität gehörten oder in Bonn lebten – bis auf zwei Frauen, die aus Wuppertal gekommen waren. Klein verteilte die nächsten Vernehmungen. Er selbst würde die Wohnungsgenossin, Frau Verena Gärtner, noch einmal intensiv befragen.

Man trat auf der Stelle. Bis auf den verlorenen Schlüssel gab es keine nennenswerte Spur. Und den Schlüssel hatten sie ja noch nicht gefunden und würden ihn wahrscheinlich auch nicht finden. Aber der Hinweis war ziemlich klar: der Verlust der Zugangsschlüssel zu einem Haus, in dem die Besitzerin derselben ermordet worden war, war als mehr als zufällig einzustufen.

Der Fall sah nach Steinesägen aus. Kein Motiv bisher, keinen Hinweis auf ein Täterprofil. Morgenfrüh sollte es weiter gehen. Thorsten Klein machte sich auf den Weg nach Hause, nach Mehlem. Er hatte sein Zimmer über der Tankstelle in Niederbachem aufgegeben, nachdem er seine Barbara geheiratet hatte. Er war einfach zu ihr gezogen, in das Appartement über der Doc Morris Apotheke, in welchem sie mit ihrem früheren Mann gewohnt hatte. Den Mord und die Geschichte darum herum hatte Klein zusammen mit Hauptkommissar Wolter aus Ueckermünde erfolgreich aufgeklärt. Klein, seine Frau und die Tochter Gina wollten solange dort in Mehlem wohnen bleiben, bis sie ein geeignetes Haus auf der anderen Rheinseite gefunden hatten. Die Häuserpreise dort unterschieden sich um Größenordnungen nach unten von denen auf der linksrheinischen Seite. Außerdem hätte er dann auf dem Weg zu seinem Arbeitsplatz nicht mehr jeden Morgen und jeden Abend den Rhein zu überqueren. Er freute sich jetzt schon auf sein Fläschchen Kölsch vor dem Abendessen. Und das Essen selbst war ja auch jeden Abend eine Überraschung – wenn er denn pünktlich kam, was eher selten war. Aber heute war so ein Tag.

Am Hundestrand in Neuendorf

Renate Born wohnt in Ueckermünde am Haffring gegenüber von TEDI im Haff Center. An diesem frischen Aprilmorgen früh um 07:00 Uhr verließ sie ihre Mietswohnung in der zweiten Etage mit ihren beiden Labradorhündinnen Elsa und Tina, Mutter und Tochter. Sie nahm den schmalen Weg am Parkplatz hinter dem Einkaufszentrum an der Anlieferrampe vorbei und gelangte durch ein kleines Wäldchen auf den Schäferweg nach Neuendorf. Das war ihre Standardroute zum Hundestrand. Links und rechts freie Feldflächen, gelegentlich gesäumt von Gebüschen. Es war etwas windig heute, Wolken trieben niedrig am Himmel landeinwärts, aber Frau Born hatte sich wetterfest eingepackt.

Der geteerte Wirtschaftsweg nahm zunächst eine leichte Rechtswendung, und nach etwa einem halben Kilometer bog sie links ab in den Kanalweg und ließ die Hunde laufen. Die kannten den Weg, vorbei ein Schrebergärten und dann wieder links durch das Gelände eines ehemaligen Schau-Bauernhofs, der aber immer noch bewirtschaftet wurde. Die ersten Gehilfen lungerten schon vor dem Kantineneingang herum und machten eine frühe Raucherpause. Hinter dem Hof ging es rechts ab zum Fischereihafen in Neuendorf. Bernd Sauber war schon in Aktion. Die ersten Boote landeten an, und er hatte die große Räucherkammer bereits angeworfen:

„Na, Bernd, wie isset?"

„Muss ja, und Du, Renate?"

„Ja, wie immer."

„Bis gleich", Bernd war in der Kammer verschwunden.

Renate nahm den kleinen Pfad hinter den Stranddünen durch die Autosperre. Die beiden kleinen Hunde, die direkt neben dem Fischereihafen wohnten, liefen schon im Garten umher und kläfften die Labradore an, die sich dadurch nicht stören ließen. Sie waren jetzt die erste Schneise zum Strand hoch gelaufen und konnten das morgendliche Spiel mit den Bällen im Wasser kaum erwarten.

Renate geriet etwas außer Atem, als sie hinter ihnen her durch den Dünensand die kleine Anhöhe hoch stapfte. Schließlich war sie schon sechzig. Oben angekommen, waren die Hunde verschwunden:

„Elsa, Tina, hierher."

Sie schaute sich um. Gegenüber, weit über das Haff, lag Swinemünde, rechts die Einfahrt zum Fischereihafen. Normalerweise hockten auf den Steinen an der Einfahrt jeden Morgen Dutzende von Möwen. Heute war kein Vogel zu sehen. Sie drehte sich nach links Richtung FKK-Strand. Da waren ja ihre beiden Hunde, und ein ganzer Schwarm Möwen in der Luft über sie. Was war da los?

Etwa hundert Meter entfernt lag ein Mensch. Die Hunde waren nahe dran. Ein nackter Mensch, wie sie auch auf diese Entfernung erkennen konnte. Jetzt! Um diese Jahreszeit und um diese Uhrzeit. Es war 07:30 Uhr und keine acht Grad! Sie pfiff die Hunde zurück, die aber nur widerwillig ein paar Meter auf sie zukamen, um dann bellend wieder zu dem reglosen Nackten zurückzukehren. Oben über sie kreischten ununterbrochen die Möwen.

Ein nackter Mann. Auf dem Rücken. Die Arme entlang des Körpers als schliefe er. Sie nahm die Hunde an die Leinen. Die Möwen hatten schon ganze Arbeit geleistet. Augen und Hoden waren schon fort. Am Hals klaffte eine tiefe Wunde, und Blut war in den Sand um den Kopf des Mannes versickert.

Renate Born kannte den Mann. Es war ihr Nachbar. Gewesen. Der alte Chinese Wei Liu. Sie starrte auf den Körper, auf das entstellte Gesicht.

Keine Menschenseele am ganzen Strand – nicht am Hundestrand, nicht am FKK-Strand, auch ganz hinten an der Strandhalle war noch nichts los. Sie rannte los. Zog die Hunde mit, die immer noch Interesse an dem Toten zeigten. Zurück zum Fischereihafen.

Über die Düne, den Abhang wieder hinunter, den kleinen Weg entlang, bis sie wieder an der Räucherbude angekommen war. Drei Männer standen herum.

„Am Strand liegt ein Toter. Mein Nachbar. Wei Liu. Die Vögel fressen ihn auf. Polizei! Schnell!"

„Wo denn da?" wollte einer der Männer wissen. Bernd Sauber war aus dem Räucherhaus herausgekommen, hatte alles mitgekriegt.

„Da am FKK-Strand. Die Hunde haben ihn gefunden."

„Wir gehen rüber, Bernd", sagte der eine: „Ruf die Bullen."

Zwei Männer eilten am Kai entlang, nahmen den kürzeren Weg durch das Gebüsch zum Hundestrand. Bernd holte sein Mobiltelefon aus der Tasche und wählte die 110.

***

Als der behäbige Hauptkommissar Heinz Wolter mit seinen Kollegen Falko Naumann und der punkigen Nicole Reuter am Fundort der Leiche eintraf, waren die medizinische Abteilung in der Person von Dr. Steinbach sowie zwei Leute von der Spurensicherung schon bei der Arbeit. Auch die rotweißen Absperrbänder flatterten bereits im Wind. Wolters Backenbart war noch ausgeprägter als sonst, da er sich seit knapp eine Woche lang aus Zeitgründen nicht mehr rasiert hatte. Das bewirkte, dass sein ohnehin immer leicht gerötetes Gesicht noch eine Spur dunkler erschein.

Reuter fing an, die umherstehenden Fischereiarbeiter zu befragen, während Naumann das Band hochhielt, damit Wolter hindurchschlüpfen konnte. Beide warfen einen kurzen Blick auf die Leiche. Es waren Schleifspuren zu sehen, die von der Düne weg in Richtung Weg führten. Naumann folgte ihnen und ließ Wolter mit dem Arzt allein:

„Hast Du schon was?"

„Erste Schätzung: der Tod trat gegen Mitternacht ein – plus minus eine Stunde. Das Blut, das hier versickert ist, war nur nachgelaufen. Der größte Blutverlust muss am Tatort stattgefunden haben."

„Ursache?"

„Siehst Du selber. Kehle sauber durchgeschnitten. Alles weitere nach der Obduktion."

Wolter schaute sich nach Naumann um. Der kam die Böschung von der anderen Seite wieder hoch:

„Die Schleifspuren hören unten auf. Bis dahin muss jemand die Leiche transportiert haben, aber ich sehe keine Reifenspuren. Außerdem kommt da keiner mit dem Auto ran. Es sei denn der hat die Schlüssel für die Absperrungen am Haffbad."

„Müssen wir checken, wer da alles Zugang hat."

Nicole Reuter kam zu den Beiden:

„Ich habe die Frau befragt, die die Leiche gefunden hat." Sie deutete auf die zusammen gesunkene Figur, die oben auf der Kante im Strandhafer saß. Ihre beiden Hunde lagen links und rechts neben ihr und blicken geradeaus – so als interessierten sie sich nicht mehr für das Geschehen in ihrer Nähe. Aber Hunde haben wegen der seitlichen Position ihrer Augen ein erweitertes Gesichtsfeld. Auch, wenn sie nur nach vorne blicken, bekommen sie mit, was links und rechts neben ihnen passiert.

„Die Frau ist eine Nachbarin des toten Chinesen, der übrigens Wei Liu heißt …."

„Kann ich mir nicht merken", warf Wolter auf seine unwirsche Art ein.

„Gut. Aber wir haben seine Adresse, und die Frau hat mir erzählt, dass er sehr zurückgezogen lebte, keine näheren Bekannten hatte. Aber entfernte Verwandte betreiben das China-Restaurant an der Ueckerstraße in der Nähe vom Einkaufszentrum. Die haben auch den China-Imbiss beim ALDI.“

„Wo wohnte der Mann?“

„Gleich dahinten in dem Wohngebiet beim Haffzentrum.“

„OK. Wenn wir hier fertig sind, schauen wir uns seine Wohnung an. Gibt es noch weitere Zeugen, Nicole?“

„Ja. Die Frau hat ein paar Arbeiter von der Fischereigenossenschaft alarmiert. Zwei davon sind dann sofort hingelaufen, und einer hat uns angerufen. Ich hab die noch nicht befragt. Machen Falko und ich jetzt sofort.“

Wolter griff zum Mobiltelefon und rief Kommissar Stefan Kirn in der Dienststelle an:

„Wir benötigen sofort die Namen aller Personen, die außerhalb der Öffnungszeiten Zugang zu den Anlagen vom Haffbad haben."

Das Drachenrad

Fred Unkel klappte den Deckel seines Laptops zu. Er führte genau Buch über seine Unternehmungen, den Zeitapparat zu finden. Eine Art Logbuch. Ein EXCEL Sheet. Den ersten Schritt hatte er getan. Direkt nach seinem Besuch im Havanna hatte er die Datei neu erstellt und Zeit, Ort und Ergebnis eingetragen:

13. 04. Havanna   Hinweis Greifswald

Anschließend hatte er der Datei ein Passwort gegeben. Deckel zu. Morgenfrüh sollte es zeitig losgehen.

***

Es war bereits Ende April, als Fred Unkel morgens um 07:00 Uhr ins Auto stieg und sich Richtung Autobahnkreuz Siegburg bewegte. Von dort ging es weiter auf die A3, der er bis zum Kreuz Leverkusen folgte, dann auf die A1 bis zum Rasthof Lichtendorf, wo er Kaffee trank. Bei Kamen ging es weiter auf die A2. Kurz vor Hannover machte er auf dem Rasthof Garbsen Pause und aß einen Teller Pasta. Bei der Weiterfahrt nahm er den Abzweig Richtung Flughafen Langenhagen, der ihn kurz auf die A5 nach Hamburg brachte. Er fuhr aber schon die erste Abfahrt nach Fuhrberg wieder ab. Jetzt ging es gemächlich über Land.

Die kleine Landstrasse führte ihn zunächst an dem verlassenen Gasthof Tanneck vorüber, durch Fuhrberg hindurch Richtung Celle. In Celle hielt er sich weiter auf der L191, bis er gegen 14:00 Uhr in Uelzen ankam. Die erste Etappe war geschafft. Morgen ging es weiter. Er folgte den Anweisungen seines Navigationsgeräts und fand schließlich das

Parkhotel, etwas am Stadtrand gelegen, von dem aus aber die Innenstadt noch gut fußläufig zu erreichen war. Dem Hotel gegenüber befand sich eine großzügige Parkfläche. Dann checkte er ein, nahm sein Zimmer in Beschlag und legte sich erst einmal aufs Bett.

Gegen 17:30 Uhr beschloss er, die Innenstadt von Uelzen unsicher zu machen. Es waren etwa zwanzig Minuten Gehzeit. An der Rezeption hatte man ihm einen kleinen Stadtplan gegeben. Lokale gab es genug, aber die Straßencafés waren noch nicht aufgebaut. Es nieselte leicht bei zwölf Grad. Fred Unkel entschied sich für ein Fischrestaurant, bestellte Heilbutt mit Bratkartoffeln und einen halben Liter Uelzener Bier, später noch einen Malteser dazu. Er vertrat sich nach dem Essen noch ein wenig die Beine und schlenderte zurück zum Hotel.

Es begann bereits zu dunkeln, und er wollte noch die angebrochene Tafel Schokolade aus dem Auto holen. Er war schon auf der Straßenseite gegenüber dem Hotel und durch die niedrige Hecke geschlüpft, die den Parkplatz umsäumte, als er unweit seines Wagens eine Person wahrnahm. Der Mann trug einen dunklen Regenmantel und rauchte. Mehr war nicht zu erkennen, denn der Fremde stand gegen das dunkle Waldstück am hinteren Ende des Parkplatzes. Fred ging weiter, und der andere ging auf das Waldstück zu und verschwand. Es war Fred, als hätte er diesen Menschen schon einmal irgendwo gesehen.

***

Am nächsten Morgen nach dem Frühstück, schon um 07:30 Uhr, machte sich Fred Unkel auf den weiteren Weg. Die L191 führte ihn weiter Richtung Ludwigslust. In der Nähe von Dannenberg bemerkte er große, gelbe Andreaskreuze vor einigen Bauernhöfen. Das waren die Protestzeichen gegen das atomare Endlager Gorleben. Unkel registrierte diese Landmarken nur nebenher. Seine Gedanken kreisten um andere Dinge.

Da war zunächst sein Fortschritt auf der Suche nach dem Aggregat, mit dessen Hilfe man die Zeit – oder besser gesagt – die Welt zurückstellen konnte. Je mehr er in den vergangenen Wochen darüber nachgedacht hatte, desto sicherer war er sich, dass es so ein Instrument gab, und dass der Staat oder die UN oder wer weiß, welche verfluchten Egoisten, dieses Teil vor der Menschheit verbergen wollten. Und er, Fred Unkel, der sein verfluchtes Dasein rückgängig machen wollte, der eine Wiedergutmachung vorhatte, war aber auf der Spur. Es war alles so logisch: das Zusammentreffen mit Stefan Marks, und dann sein erster Erfolg in Poppelsdorf im Havanna. Er war ja auf der Suche nach Kontakten gewesen in dieser Sache und hatte schon geplant, das Helmholtz-Institut aufzusuchen. Er wollte nur noch einen Kaffee in Ruhe vorher in dem Bistro trinken, als ihm diese Assistentin oder

Studentin über den Weg lief. Und die hatte ihm dann den entscheidenden Tipp gegeben:

:„Ich tippe mal auf Greifswald. Da steht der Rest vom größten Kernreaktor der ehemaligen DDR. Und wenn etwas geheim gehalten werden konnte, dann wohl dort."

Aber dann schlichen sich wieder Zweifel in seine Gedankengänge: Stefan Marks hatte sich nie wieder gemeldet. Und was war mit Nico Ernst, dem Mann aus dem Knast, der Marks die erste Information gegeben hatte? Und wer war der Fremde, den er jetzt schon zweimal in seiner Nähe gesehen hatte – zuerst vor seinem Haus und dann gestern wieder. Er war sich sicher, dass es dieselbe Person war.

Hinter Dannenberg passierte er die Elbe und damit die ehemalige Zonengrenze. Ein großes Hinweisschild am Straßenrand wies auf Trennung und Wiedervereinigung hin. Eine Stunde später war er in Ludwigslust und nahm von dort die L106

Richtung Schwerin. Kurz vor Schwerin fuhr er auf die A14 auf. Es herrschte wenig Verkehr und bald erreichte er Wismar und die A20 Richtung Rostock. Von dort noch eineinhalb Stunden weiter an Stralsund vorbei bis endlich zur Ausfahrt Greifswald. Das Navigationsgerät schickte ihn auf die L26 und in Greifswald in Richtung Kemnitz auf der L262 an dem Ostsee-Badeort Lubmin vorbei. Nach drei Kilometern bog er in die Latzower Straße ein und stand vor den Ruinen des ehemaligen „VE Kombinat Kernkraftwerk Bruno Leuschner". Es waren aber keine Ruinen, sondern eine wohl strukturierte Anhäufung von Verwaltungsgebäuden und sechs Kraftwerksblöcken, die seit 1990 abgeschaltet worden waren. Heute wohnen dort die Energiewerke Nord, die für den Rückbau verantwortlich sind. Sie beschäftigen noch etwa 1000 Mitarbeiter gegenüber den 10 000, die zur Zeiten des Betriebs in dem Werk zum Einsatz kamen.

Fred Unkel fuhr wieder auf die L262 ein kurzes Stück zurück und stellte seinen Wagen in einen Seitenweg zwischen kleineren Gebüschen ab. Er hatte in der Nähe des Kraftwerks eine Bushaltestelle entdeckt. Hier war es noch kälter als in Uelzen. Er zog sich seinen dunkelblauen Parka über und ging zu Fuß die hundert Meter zur Bushaltestelle zurück. Es war niemand zu sehen. Fred Unkel setzte sich auf die Bank an der Haltestelle und wartete.

***

Wang Fang hatte den Staubsauger in den Spind an seine vorgeschriebene Stelle abgestellt und die Putzmittel auf das kleine Bord oben abgelegt. Sie schloss den Schrank und ging zur Garderobe, um ihren Regenmantel über zu streifen. Um diese Zeit am frühen Nachmittag war niemand sonst in den Gemeinschaftsräumen. Sie verließ das Gebäude und schlenderte die Auffahrt bis zur Pförtnerloge gemächlichen Schritts hinunter. Jan Breme hinter der Scheibe winkte ihr zu, als sie durch das Drehkreuz den Anlagenkomplex hinter sich ließ. Es war noch zu früh. Der Bus würde erst in etwa einer Viertelstunde kommen.

An der Haltestelle war schon jemand, den sie noch nie gesehen hatte: ein Mann, dessen Alter sie schlecht schätzen konnte. Überhaupt hatte sie Schwierigkeiten, das Alter von Langnasen richtig einzuordnen. Der Mann hatte teure Sachen an: einen Anorak von McKinley, Markenjeans und auf Hochglanz polierte hellbraune Lederschuhe. Das war schon alles, ansonsten machte der Typ einen ungepflegten Eindruck: die Haare an den Seiten standen ihm über die Ohren, seine letzte Rasur war wohl schon fünf Tage her, und unter den geröteten Augen hatte sie bei ihrem flüchtige Blick dunkle Ränder wahrgenommen.

Sie setzte sich nicht neben den Mann, sondern stellte sich seitlich einen Schritt vor ihn und wartete auf den Bus. Nach noch nicht einmal einer

Minute bemerkte sie, wie der Mann aufstand. Er trat neben sie und sprach sie an:

„Entschuldigen Sie, wenn ich Sie anspreche. Ich bin Journalist und arbeite an einem Artikel über das Kernkraftwerk. Vielleicht können Sie mir mit einigen Auskünften weiter helfen. Arbeiten Sie dort drüben?"

„Ja, aber ich bin da nur als Putzfrau im Besucherzentrum tätig. Sie können doch eine Besuchserlaubnis beantragen. Da gibt es den Herrn Polluzeck, der betreut die Besucher. Der kann sicher auch Ihre Fragen beantworten. Ich weiß nicht viel über den Betrieb da."

„Ja, sicher. Vielleicht mache ich das ja. Aber mir geht es um Diskretion. Vielleicht will Herr Polluzeck meine Fragen ja gar nicht beantworten, weil die ihm möglicherweise zu kritisch sind. Ich suche jemanden mit Insiderkenntnissen. Verstehen Sie?"

Die Chinesin zögerte einen Augenblick. Sie blickte ihn von der Seite an:

„Ich kann Ihnen keine Informationen geben."

„Kennen sie jemanden, den ich direkt ansprechen kann? Jemanden, der einigermaßen über den Laden Bescheid weiß?"

Sie zögerte wieder:

„Ich habe einen Onkel, der hat früher dort im Labor gearbeitet. Der ist aber jetzt pensioniert und wohnt nicht in der Gegend."

„Interessant. Wie kann ich ihn erreichen?"

„Er wohnt in Ueckermünde."

„Kann ich seine Adresse haben? Dann fahre ich hin."

„Gut. Haben Sie einen Zettel und einen Stift? Mein Onkel heißt Wei Liu …."

„Moment", der Mann suchte in seinen Parkataschen. „Ich habe meine Sachen im Auto. Vielleicht haben Sie etwas zu schreiben?"

Ein Journalist, der keinen Schreibblock bei sich hat, dachte die Frau und fand in ihrer Handtasche einen Zettel und einen Kugelschreiber.

Sie schrieb etwas auf und reichte dem Mann das Stück Papier:

„Und wie heißen Sie?"

„Peer Stehnke. Ich werde versuchen, Ihren Onkel morgen Abend zu besuchen. Danke für Ihre Hilfe. Auf Wiedersehen."

Der Bus rollte an und der Mann, der sich Peer Stehnke nannte, verschwand in einem Seitenweg, wo sein Auto stand.

***

Fred Unkel fuhr zurück zur Autobahnauffahrt Greifswald. An seinem Parkplatz hatte er per Smartphone eine Hotelreservierung in Ueckermünde vorgenommen. Er hatte ein Zimmer im Hotel Alt-Ueckermünde am Markt bekommen. In der Nähe von Jarmen nahm er die Ausfahrt von der A20 und dirigierte seinen Wagen in Richtung Anklam, der Otto-Lilienthal-Stadt. Kurz davor nahm er die L109 Richtung Pasewalk. Bei Ducherow folgte er der

Beschilderung Richtung Ueckermünde, durchfuhr die Dörfer Leopoldshagen, Mönkebude und Grambin, bis er schließlich gegen spätnachmittags am Markt in Ueckermünde eintraf. Die Gästegarage befand sich hinter dem Hotel in der Schulstraße.

Nach dem Einchecken gönnte er sich einen Rundgang durch den Stadtkern. Am Ende der Schulstraße gab es einen Durchgang zum Rathaus und zum Museum, in dem die Geschichte der alten Hansestadt durch Artefakte zur Schau gestellt wurde. Dabei kam er an einem Haus vorbei mit einem kleinen Hinweisschild. In diesem Haus hinter der St.-Marien-Kirche hatte der Physiker und Entdecker des II. Hauptsatzes der Thermodynamik, Clausius, in seiner Jugend gewohnt: „Alle natürlichen Prozesse sind unumkehrbar." War auf der Plakette zu lesen.

Er kehrte über die Ueckerstraße zurück, querte vor seinem Hotel über den Marktplatz, und fand ein italienisch-indisches Restaurant am Schweinemarkt. Unkel bestellte sich eine Pizza und ein Viertel Bardolino. Als er später das Restaurant Richtung Hotel verließ, begann es bereits zu dunkeln. Es waren nur etwa 200 Meter. Neben dem Hotel befand sich ein Modegeschäft. Vor dem Schaufenster lungerte ein Mann herum – eine mittlerweile altbekannte Gestalt. Der Mann rauchte. Unkel hatte einen Verdacht. Er ging auf die Person zu. Der drehte sich um, warf einen kurzen Blick auf ihn und wollte um die Ecke auf der Ueckerstraße verschwinden. Fred Unkel rief ihn an:

„Sind Sie Nico Ernst? Ich habe mit Ihnen zu reden. Sie sind doch Nico Ernst?"

Der Mann war verschwunden. Unkel eilte ihm nach, aber als er die Straßenecke erreichte, war weit und breit nichts mehr von ihm zu sehen. Unkel brauchte jetzt ein paar Schnäpse. Seine Knie schlotterten.

***

Nächster Tag. Fred Unkel hatte sich den Tag im Tierpark um die Ohren geschlagen, war an den vielen kleinen Yachthäfen spazieren gegangen, als er seinen Wagen aus der Hotelgarage holte. Es war schon dunkel, als er ihn zehn Minuten später auf dem jetzt leeren Kundenparkplatz vor dem TEDI im Haff Center abstellte. Schräg gegenüber lag die Wohnung von Wei Liu im zweiten Stock. Er klingelte unten an der Korridortür, und der Summer öffnete, ohne, dass die Wechselsprechanlage fragte, wer da sei. Unkel stieg nach oben, und an der rechten Wohnungstür auf der Etage stand ein kleiner, alter Chinese im Jogginganzug und Pantoffeln mit einer selbstgedrehten Zigarette im Mundwinkel. Sein Haar war grau und kurz geschnitten:

„Sind Sie Herr Stehnke?" fragte der Mann.

„Der bin ich."

„Meine Nichte hat Sie angekündigt."

„O ja? Das war aber nett."

„Kommen Sie herein."

Der Chinese sprach akzentfreies Deutsch. Unkel trat in einen kleinen Hausflur, der nur schwach beleuchtet war. Nach Aufforderung hängte er seinen Parka an einen Garderobenhaken und folgte seinem Gastgeber in einen Raum, der in vergleichbaren Wohnungen wohl als Wohnzimmer gedient hätte. Nicht so bei Wei Liu.

Der Raum war schwach erleuchtet, und es roch nach verbranntem Öl. In der Tat brannten auf dem Couch-Tisch in der Mitte des Zimmers zwei Petroleumlampen unter hohen Glaszylindern. Auf einem mit Schnitzereien reich verzierten Sideboard flackerten noch drei Teelichter in gläsernen Ständern. Sonst gab es keine weitere Beleuchtung.

„Nehmen Sie Platz."

Unkel nahm zwei verschlissene Ohrensessel neben dem Tisch wahr und setzte sich in einen. Seine Augen hatten sich mittlerweile an die trübe Dunkelheit gewöhnt. Auf dem Sideboard mit den Kerzen gewahrte er einen großen Schildkrötenpanzer, und unter der Decke des

Raumes – direkt über dem Couch-Tisch – hing ein ausgestopftes Krokodil von vielleicht 1,5 Meter Länge. Die Luft war dick zum Schneiden mit Zigarettenrauch.

„Kann ich Ihnen einen Tee anbieten?"

Unkel lehnte dankend ab, aber sein Gastgeber schlurfte nach nebenan und kam mit einer Kanne Jasmin-Tee und nur einer Tasse für sich zurück. Er setzte sich in den anderen Sessel und musterte seinen Besuch mit einem langen Blick:

„Sie sind Journalist?"

„Ja, deshalb hatte ich Ihre Nichte ja angesprochen."

„Für welche Zeitung schreiben Sie denn?"

„Für die Haff-Zeitung."

„Ich habe Ihren Namen darin noch nie gelesen."

„Ich bin freischaffender Journalist und verkaufe meine Beiträge gelegentlich an verschiedene Publikationsorgane, unter anderem die Haff-Zeitung. Sie erscheinen dann mit einem

Kürzel, wie zum Beispiel PS. Das übersieht man leicht."

„Sie kommen aber nicht von hier. Das hört man."

„Nein. Ich komme aus Süddeutschland, aber meine Frau ist in Rostock geboren, und so hat es mich nach hier verschlagen. Wie das Leben so spielt. Und wie sind Sie nach Deutschland gekommen?"

„Das ist eine lange Geschichte. Während des Vietnamkrieges hat es ein Austauschprogramm mit der DDR gegeben, und viele Vietnamesen haben hier zeitweise studiert oder gearbeitet."

„Aber Sie sind kein Vietnamese. Und die Chinesen waren dem Ostblock doch gar nicht grün."

„Das stimmt, aber ich bin ja nicht aus China eingewandert, sondern wir waren eine Minderheit in Nordvietnam. Und so bin ich hierher gekommen. Ich habe Elektrotechnik in Dresden studiert und dann später eine Stelle in Ronneburg bei der SDAG Wismar im Uranabbau bekommen, war aber nie im

Schacht, sondern zuständig für die Dosimetrie, also für die Auswertung der Strahlungsbelastung der Arbeiter dort. Das war übrigens dann später auch meine Zuständigkeit beim Kernkraftwerk bei Greifswald."

„Interessant. Dann sind Sie sicher auch in Greifswald in Kontakt mit den wissenschaftlichen Fachkräften gekommen."

„Nur flüchtig. Ich durfte ihre Dosimeter auswerten, die sie immer trugen, wenn sie in die Sicherheitszonen gingen. Ich habe keine Freundschaften dort geknüpft. Aber sagen Sie mir: was wollen Sie wissen? Worüber wollen Sie schreiben? Die haben ein Besucherzentrum dort. Die geben Ihnen alle Informationen, die sie brauchen."

„Ich weiß, ich weiß. Aber als Journalist ist man sozusagen von berufswegen misstrauisch gegenüber offiziellen Darstellungen. Deshalb schleiche ich so quasi langsam in konzentrischen Kreisen an das Thema heran, bevor ich dann endlich auch die offiziellen Kanäle nutzen werde. Verstehen Sie?"

Wei Liu beugte sich vor und stieß dabei seinem Besucher eine Ladung dicken, gelben Zigarettenrauchs ins Gesicht. Er schaute ihm dabei direkt in die Augen:

„Da passiert doch heute nichts mehr. Das ist totes Territorium. Da wird nur verwaltet und abgebaut."

„Gut. Aber ich habe gewisse Hinweise. Kennen Sie Heisenbergs Unschärferelation?"

„Sicher. Das gehört mit zum Grundwissen, wenn es um Radioaktivität geht. Was ist damit?"

„Ich habe Informationen, dass man dieses kernphysikalische Grundwissen genutzt hat, um ein Gerät zu bauen, das den Zeitablauf beeinflussen kann."

Der Chinese lehnte sich in seinen Sessel zurück und schlürfte aus seiner Teetasse. Er blickte jetzt zur Seite in Richtung Schildkrötenpanzer. Dann

verzogen sich seine dünnen farblosen Lippen zu
einem spöttischen Lächeln:

„Wie soll das gehen?"

Fred Unkel breitete seine Theorie über das
Zurücksetzen der Welt aus. Danach herrschte ein
langes Schweigen. Schließlich brach es der Mann
aus dem fernen Osten:

„Das Drachenrad."

„Wie bitte?"

„Das Drachenrad: stellen Sie sich vor, Sie
sitzen mit mehreren Personen an einem runden
Tisch, und in der Mitte befindet sich ein Rad – so
wie bei einem Roulettespiel. Das Rad ist in mehrere
Sektoren aufgeteilt, in denen jeweils Symbole
eingezeichnet sind, zum Beispiel eine Ratte oder ein
Hase. Und ein Drache. Die Person am Tisch, auf die
der Drache zeigt, hat das Recht, das Rad zu drehen,
bis es zum Stillstand kommt. Vor jeder Drehung
müssen die Spieler einen festgesetzten Betrag
einsetzen. Nach der Drehung zeigt der Drache nun
auf einen anderen Spieler. Derjenige, auf den der

Drache zeigt, bekommt den Jackpot, und das Spiel geht wieder von vorne los."

Fred Unkel dachte einen Moment nach. Dann sagte er langsam:

„Und was hat das mit mir zu tun?"

„Sie wollen, dass der Drache nur immer wieder auf Sie zeigt – bei jeder Umdrehung, bei jeder Neuerschaffung der Welt. Ihr Jackpot ist die freie Gestaltung der Zeit – wofür auch immer."

Unkel wirkte betroffen. Wieso sprach der von ihm selbst und seinen Wünschen? Der Mann war nahe dran an der Wahrheit. Was wusste er schon?

„Ich persönlich habe damit nichts zu tun. Es geht um das Interesse der Allgemeinheit."

„Warum sind Sie dann aber mit Ihrem Problem zu mir gekommen?"

„Jemand hat mir den Hinweis gegeben, dass ich in Greifswald fündig werden würde."

„Das war ein Kraftwerk und keine Grundlagenforschungseinrichtung. Wenn Ihre

Theorie stimmen sollte – was ich nicht glaube –
dann sollten Sie in den großen Forschungslabors
anklopfen, aber nicht in einer Kraftwerksruine der
ehemaligen DDR."

„Wieso glauben Sie meiner Theorie nicht?"

„Erstens ist sie unwissenschaftlich, und
zweitens: wenn sie stimmen würde, hätte man von
dieser Sensation sicher in den Zeitungen gelesen. Sie
sind doch Journalist - oder?"

„Ja, aber genau darum geht es doch. Ich bin
der Sache doch auf der Spur, aber anscheinend hat
man daraus ein Geheimprojekt gemacht."

Sein Gegenüber lehnte sich wieder zurück
und fixierte den Schildkrötenpanzer. Er schaute auf
seine Armbanduhr:

„Ich weiß von diesen Dingen nichts und kann
Ihnen auch nicht weiter helfen."

Da war es wieder, dachte Fred Unkel. Die
mauern alle. Natürlich wusste der Kerl Bescheid, der
steckte tief in dem Komplott mit drin. Das war klar.

Er hatte doch das Code-Wort für das Geheimprojekt herausgelassen: Drachenrad:

„Können Sie mir denn keinen Hinweis geben?"

Wei Liu beugte sich wieder langsam vor, blies den Rauch durch seine Nasenlöcher auf den Tisch unter sich:

„Nein, aber ich kann Ihnen wohl einen Rat geben: wenn es sich um die Zeit handelt, die im Mittelpunkt Ihrer Überlegungen steht, sollten Sie nicht zu den großen Brocken gehen wie zum Beispiel Kraftwerke und so", er lächelte und zeigte seine faulen Zähne. „Achten Sie auf das ganz Kleine, das Winzige, das Unscheinbare. Dann werden Sie fündig werden."

Der Gastgeber drückte seinen Zigarettenstummel in dem Porzellanaschenbecher vor sich aus, nahm den letzten Schluck aus der Teetasse und erhob sich. Das Interview war beendet. Dann griff er in den Schildkrötenpanzer hinein und holte eine kleine Karte hervor:

„Herr Stehnke, wenn Sie nicht mehr weiter wissen: dies ist eine gute Adresse."

Fred Unkel nahm das Kärtchen ausdruckslos entgegen und steckte es wie geistesabwesend in eine von den vielen Taschen seines Parkas, als er ihn im Hausflur anzog. Er war maßlos enttäuscht.

Ein Tag im Leben von Hauptkommissar Klein

Das Frühstück in der kleinen Wohnung über der Doc Morris Apotheke verlief einsilbig. Barbara Klein hatte sich seit einigen Tagen schon daran gewöhnt und nahm ihrem Mann das nicht übel. Hatte mit der Arbeit zu tun. Töchterchen Gina wartete darauf, dass ihr Stiefvater sie auf seinem Weg zur Arbeit an der Schule absetzte. Thorsten Klein kaute lustlos auf seinem Brötchen herum, trank den Kaffee ohne Genuss und murmelte schließlich so etwas wie:

„Schlecht geschlafen."

Seine Frau nickte nur. Mehr nicht. Alles andere war sowieso nutzlos.

„Wir treten auf der Stelle. Soviel Blut, so viele Verhörkandidaten, aber so wenig Aussicht auf etwas Greifbares. Steinesägen."

Barbara Klein nickte:

„Was kann ich Dir Gutes tun, damit Deine alte Fröhlichkeit wieder Einzug hält?"

„Sorg dafür, dass heute Abend genug Kölsch kalt gestellt ist."

„Wie immer. – Wir sollten mal wieder ausgehen."

„Ja. Hast recht. Sobald wie möglich. Ich werde versuchen, mich frei zu schaufeln. Muss jetzt los."

***

Und dann kamen sie wieder alle zusammen an der Königswinterer Straße in Ramersdorf im Präsidium – kleiner Besprechungsraum: Thorsten Klein, der Chef, Sven Kessenich, der FC-Fan, und die pummelige Tanja Maurer. Alle drei trugen sorgenvolle Mienen.

„Mariechen, fass Du zusammen."

Tanja, das ehemalige Funkenmariechen, holte tief Luft, stand auf und ging zum Flipchart-Ständer. Draußen hatte es zu regnen begonnen. Hauptkommissar Klein blickte wehmütig auf die Regenfäden und die Tropfen, die an den Fensterscheiben schräg herunter liefen.

„Wir haben nun alle Beteiligten verhört, manche mehrfach", begann die Polizistin und erläuterte die Stichworte noch einmal, die sie zusammen in dem vorangegangenen Brainstorming entwickelt hatten:

Alle Heimbewohner, die Eltern und der Freund der Ermordeten, der Hausmeister, die Seelsorgerin, Verwaltungsleute von der Universität, Professoren und Assistenten sowie das Personal vom Havanna waren befragt worden. Es hatte einige schwache Anhaltspunkte gegeben: Nachdem Julia Theil das Havanna verlassen hatte, war sie mit dem

Bus ins Bonner Zentrum gefahren und hatte bei Thalia ein Buch gekauft, Belletristik. Das hatte man anhand von einer Quittung in ihrer Handtasche nachvollziehen können. Eine weitere Quittung mit einer späteren Uhrzeit war in einem Schuhgeschäft ausgestellt worden. Später war sie dann noch kurz im Helmholtz-Institut gewesen. Danach gab es eine zeitliche Lücke. Aber am frühen Abend war das Opfer nach Aussage des Personals noch einmal ins Havanna zurückgekehrt und hatte nachgefragt, ob jemand ihr Schlüsselbund gefunden hatte. Dort war es aber nicht.

Verena Gärtner, die die Tote gefunden hatte, war in der Dienststelle intensiv verhört worden, aber danach konnte man sie als Täterin praktisch ausschließen. Klein ließ sie dennoch observieren, ebenso wie Dr. Schmeling, mit dem Julia Theil zum letzten Mal gesehen worden war. Der Freund der Toten war zur Tatzeit in Göttingen gewesen mit einem stichfesten Alibi. Hausmeister und die Studentenpfarrerin waren ebenfalls befragt worden, aber ohne verbleibende Anhaltspunkte. Von den Bewohnern des Studentenwohnheims war nur ein interessanter Fall weiter untersucht worden. Es gab dort einen jungen Iraner, der vor einiger Zeit versucht hatte, sich Julia Theil zu nähern, aber wohl abgeblitzt war. Das war vor einem halben Jahr gewesen. Theoretisch hätte er der Täter sein können – genauso wie alle anderen, die sich zur Tatzeit in dem Haus aufgehalten hatten. Klein wollte ihn noch nicht zu den Akten legen:

„Schmeling und der Iraner, Verena Gärtner. Das ist die ganze schwache Ausbeute."

Sven Kessenich meldete sich:

„Ich glaube nicht, dass einer von denen das war. Ich bin der Überzeugung: es muss jemand sein, der das Schlüsselbund gefunden hat, jemand von außen, ein Fremder."

„Wieso sollte jemand, der ein Schlüsselbund findet, gleich auf den Gedanken kommen, den Eigentümer zu ermorden? Wie sollte der überhaupt wissen, wem die Schlüssel gehörten?"

Kessenich blieb stur:

„Es muss jemand sein, der die Frau kannte, oder der ihr an dem Tag begegnet ist. Und der eine Gelegenheit gesucht und gefunden hat, ihr das Schlüsselbund zu stehlen. Der Mord war kein Zufall, sondern er ist mit Vorüberlegung durchgeführt worden – von jemandem, der noch nicht auf unserer Liste steht, den wir noch nicht kennen."

***

Als Hauptkommissar Klein wieder allein in seinem Büro saß, genoss er das leise Klopfen der Regentropfen an der Fensterscheibe. Der Rhythmus gab exakt seine Stimmung wieder. Lustlos sortierte er Computerausdrucke, Formulare und Post-It-Zettel auf seinem Schreibtisch. Er blätterte noch einmal in seinem Notizbuch, in dem er sich die wichtigsten Stichpunkte aus den Verhören, bei denen er persönlich zugegen gewesen war, notiert hatte:

Verena Gärtner, Dr. Schmeling, die Pfarrerin,
Verena Gärtner zum zweiten Mal. Nichts.

Er stand auf, ging zum Fenster. Dann fasste
er einen einsamen Entschluss: er rief zuhause an:

….

„Du brauchst für heute Abend nichts zu
machen. Ich lad Euch zum Chinesen in Lannesdorf
ein. Ich mach heute früher Feierabend."

….

Als er später sein Büro und das Gebäude
verließ und auf seinen Wagen auf dem Parkplatz
zusteuerte, saß ihm eine Ahnung, oder besser gesagt,
der GAU eines jeden Polizeichefs im Nacken:
Einstellung der Ermittlungen. Soweit durfte es nicht
kommen.

Ein Tag im Leben von Hauptkommissar Wolter

Ein sichtlich gut gelaunter Hauptkommissar Wolter hatte seine Schäfchen im Besprechungsraum an der Liepgartener Straße im ersten Stock versammelt: Falko Naumann und Stefan Kirn. Jeder hatte seinen Kaffeebecher in der Hand oder vor sich stehen. An der Pinwand stand die Punke Nicole Reuter mit ihrem neuen Nasenring und heftete ein DINA4-Blatt neben anderen, mit Stecknadeln festgehaltenen, Moderationskarten, auf denen mit Eddingstiften in großen Buchstaben Namen und Hinweise geschrieben und zwischen denen dicke Pfeile hin und her aufgemalt waren: das neuronale Netzwerk des Falles Wei Liu.

„Wann schmeckt Bier am Besten?" fragte Kirn.

„Keine Ahnung", kam es von Naumann.

„Immer, wenn die Tannen grün sind."

Wolter hielt sich seinen dicken Bauch vor Lachen:

„Also los, Nicole – fass zusammen!"

Es mangelte nicht an Spuren und Hinweisen jetzt eine Woche nach der Tat. Die eigentliche Ermittlungsarbeit konnte beginnen, die Puzzlestücke mussten zusammen gefügt werden. Auf der Pinwand lagen die Bruchstücke nebeneinander. Sie mussten noch in die richtige Passung gebracht werden. Wolter war sich sicher, dass es nur eine Frage der Zeit war, bis sie erfolgreich sein würden.

***

Nachdem die Polizisten Frau Born noch einmal befragt hatten, fuhren sie zur Wohnung des Getöteten und drangen ein, als sie sich vergewissert hatten, dass niemand sonst auf ihr Klingeln und Klopfen antwortete. Nach dem, was die Nachbarin ausgesagt hatte, lebte der Mann ja allein. Aber man konnte nie wissen.

Drinnen sah es aus wie in einer Metzgerei. Überall Blut. Es hatte wohl einen Kampf gegeben, aber der kleine Mann war seinem Gegner nicht gewachsen gewesen. Die Tat musste anscheinend in dem engen Hausflur geschehen sein. Neben der Garderobe war das Blut in Strömen die Tapeten hinunter gelaufen. Im Wohnbereich lag ein umgestürztes Sideboard vor dem Fenster zur Straße. Der Couchtisch war ebenfalls umgekippt, daneben ein großer Schildkrötenpanzer, aus dem jede Menge Visitenkarten heraus quollen. Wolter hob seinen Blick gegen die Zimmerdecke und entdeckte das Krokodil:

„Komischer Kauz. Schaut Euch diese ganze Esoterik an. Was hat das zu bedeuten? Eine Sekte?"

„Ich tippe auf Folklore", meinte Naumann: „Der wollte ein Stück Heimat für sich hier behalten. So sind manche."

„Kann sein, aber für unsere Ermittlungen müssen wir auch solche Sachen berücksichtigen."

Das Fenster zur Straße war nur angelehnt. Unten am Boden wuchsen einige Ginstersträucher, die noch kahl waren. Sie sahen sofort, dass diejenigen direkt unter dem Fenster zerknickt worden waren. Vom Flur lief eine Schleifspur quer durchs Wohnzimmer bis zum Sideboard. Auf der Fensterbank war Blut.

„Der Mörder hat sich auf das Sideboard gestellt und den Toten aus dem Fenster geworfen", konstatierte Wolter.

„Es könnten auch mehrere Täter gewesen sein."

„Vielleicht. Lasst uns runter gehen."

Die Spurensicherung war mittlerweile eingetroffen. Jemand kümmerte sich auch um die umgeknickten Sträucher und fand Stoffreste. Wolter forderte einen Spürhund an.

Der Hund nahm die Fährte vom Gebüsch an auf und zog bis zu einem der Parkplätze vor dem TEDI. Dort stand jetzt ein VW Golf mit Berliner Kennzeichen. Kurz vor dem Wagen blieb der Hund stehen. Sie gingen mit ihm um das Auto herum, aber er gab kein Zeichen mehr. Die Polizisten kehrten zu ihrem Fahrzeug zurück und beobachteten den Parkplatz. Irgendwann kam eine junge Frau aus dem Geschäft mit einer Plastiktüte und wollte in den VW steigen. Naumann hielt sie auf und wies sich aus. Nach zwei Minuten später war er wieder bei Wolter im Polizei-Auto:

„Wie wir uns gedacht haben: das war eine Kundin, die hier vor zehn Minuten vorgefahren war. Das Fahrzeug mit der Leiche war da schon lange nicht mehr da. Der Hund hat die Spur bis zu der Stelle verfolgt, wo sie eingeladen wurde. Bei dem Verkehr hier im Einkaufszentrum werden wir so viele Reifenspuren finden, wie es Einwohner in Ueckermünde gibt.“

***

Nicole Reuter hielt fest:

„Wir haben eine Stoffprobe aus den Sträuchern, deren Herkunft noch recherchiert wird und blutige Schuhsohlenabdrücke der Größe 45 auf Fußboden und Sideboard – nur eine Sorte, sodass kaum ein zweiter Täter in Frage kommt. Fingerabdrücke sind keine vorhanden. Der Stoffumschlag um den Toten muss dick genug gewesen sein, zusammen mit den Bekleidungsstücken den Aufprall unten so gemindert zu haben, dass an der Leiche, so wie wir sie zuerst gesehen haben, kaum Einstech- oder Ritzspuren durch Zweige feststellbar sind. Die Feinheiten wird uns die Obduktion mitteilen. Der Täter hat das Opfer wie einen Sack über die Straße zu seinem Auto geschleift und ist unerkannt verschwunden. Zu dem Zeitpunkt war der Tote noch bekleidet, da wir keine blutigen Kleidungsstücke in der Wohnung gefunden haben."

„Letzteres ist eine Vermutung. Der Täter könnte die Kleidungsstücke auch anderweitig entsorgt haben", warf Wolter ein.

„Aus welchem Grund?" wollte Stefan Kirn wissen.

***

An dem Tag des Leichenfundes war das Wolter-Team gerade wieder aufs Präsidium zurückgekehrt, als sie am Empfang eine Meldung über einen Einbruch im Gerätehaus am Haffbad vorfanden. Sie kam von einem der Gärtner, die für die Landschaftspflege dort zuständig waren. Es fehlte eine Schubkarre. Kirn, der die Meldung entgegen genommen hatte, rief seine Kollegen zurück, die gerade die Treppe zu ihren Arbeitsplätzen in der Dienststelle hochstiegen:

„Hier. Das könnte etwas sein."

„Was?" fragte Naumann, während Hauptkommissar Wolter ungerührt weiter nach oben stiefelte.

„Diese Meldung hier: am Haffbad wurde gestern eingebrochen und eine Schubkarre gestohlen. Was meint Ihr?"

„Wahrscheinlich kein Zusammenhang. Ein üblicher Einbruch halt. Da sollen sich andere drum kümmern."

Kirn ließ nicht locker: „Die Schubkarre würde das Transportproblem lösen."

„Inwiefern?"

„Wir haben – außer im unmittelbaren Dünenbereich – keinerlei Schleifspuren und keine Reifenabdrücke entdeckt. Wenn die Leiche mit einem Auto in die Nähe des Haffbads gebracht worden ist, musste sie von außerhalb des nachts durch die Schranke geschlossenen Parkplatzes bis zum Weg hinter die Dünen und von dort noch einmal gut dreihundert Meter weiter zum Fundort transportiert worden sein. Die Schubkarre würde das erklären.“

Wolter saß bereits an seinem Schreibtisch. Als Stefan Kirn ihm seine Theorie vortrug schüttelte er mit dem Kopf:

„Soll das einer von den Gärtnern gewesen sein?“

„Nein. Doch nicht. Aber der Täter wusste vielleicht von dem Geräteschuppen und der Schubkarre.“

Wolter schüttelte noch einmal den Kopf: „Sollen wir uns jetzt auch noch mit kleinkriminellen Einbrüchen befassen? Wir haben einen Mord aufzuklären.“

Naumann und Kirn fuhren raus.

Die Gartengeräte waren in einem Seitenraum der Station untergebracht, in dem sich auch der Strandkorbverleih, der jetzt noch geschlossen hatte, und die ebenfalls in dieser Jahreszeit noch nicht besetzte Rettungsstation befanden. Drei Gärtner standen rauchend vor der hölzernen Schuppentür, die einfach herausgehebelt worden war und jetzt offen stand. Kirn befragte die Arbeiter. Sie waren in der Frühe angekommen und hatten den Schaden bemerkt. Danach hatten sie die Gegend abgesucht, aber nichts gefunden. Außer der Schubkarre fehlte auf den ersten Blick nichts.

Die beiden Polizisten gingen zurück zum großen Parkplatz und orientierten sich. Vom Gerätelager führte die Strandpromenade bis zur Ausfahrt des Platzes, auf dem jetzt etwa ein Dutzend Fahrzeuge standen. Die meisten davon gehörten Bediensteten der Haffbad-Anlage. Die Ausfahrt betrug etwa 150 Meter bis zur Schranke, die aber nachts geschlossen war. Für den kürzesten Weg vom Geräteschuppen nach außerhalb hätte der Transportwagen mit dem Toten direkt vor der Schranke parken müssen, wahrscheinlich aber einige Meter seitwärts Richtung Stadt, wenn der Täter keine Aufmerksamkeit erregen wollte. Sie gingen hinüber und inspizierten die Bordsteine an der

Straße. Nichts zu sehen. Naumann blickte jetzt in die andere Richtung zurück:

„Wenn der Wagen hier irgendwo gestanden hat, dann wäre der kürzeste Weg Richtung Düne quer über den Parkplatz bis zu den Toilettenanlagen und dann nach rechts auf den Weg hinter den Dünen."

Sie blickten auf den Erdboden, nach rechts und links, Naumann machte einige Schritte auf den Parkplatz hinaus. Nichts.

„Ich bin doch kein Spürhund."

„Genau. Ich auch nicht. Also fordern wir den wieder an, der den Geruch aus dem Haff-Zentrum noch in der Nase hat."

Zwanzig Minuten später trafen Hund und Hundeführer ein. Es dauerte keine zehn Sekunden, bis der Hund an der Stelle, an der man das Täterauto vermutet hatte, anschlug. Das Tier zog dann – wie vermutet – quer über den fast leeren Parkplatz, bis sie endlich über den Weg wieder bis an die Stelle kamen, an der die Leiche gefunden worden war. Der

Erkenntnisgewinn war gering – Schubkarre hin, Schubkarre her. Sie führten den Hund wieder zurück. Als sie an den Toilettenanlagen vorbei kamen, zögerte das Tier, wollte zuerst zurück der alten Spur nach, entschied sich aber dann anders und zog auf die Strandpromenade hinauf Richtung Strandkorb-Pavillon. Aber er führte das Team nicht zum Gerätelager, sondern daran vorbei durch die Anlagen bis auf den Uferweg neben der Uecker. Dort angekommen, ging es weiter auf den Ueckerkopf, einer Art Mole, an der Ueckermündung in das Stettiner Haff. Hier standen Bänke, auf denen im Sommer Badegäste den Blick aufs Wasser genießen, und am Ende des Kopfes hatte man ein Bezahlfernrohr aufgebaut, mit dem man bis nach Usedom auf der anderen Seite des Haffs blicken konnte. Am äußersten Ende des Umfassungsgitters hielt der Suchhund an, blickte durch die Gitterstäbe ins Wasser und rührte sich nicht mehr. Die Spur führte direkt da hinein. Unter den gräulich dahinschlingernden Wellen konnten die Männer nichts erkennen.

Taucher wurden angefordert, und die brachten schließlich zwei Stunden später die gesuchte Schubkarre nach oben – ziemlich sauber gewaschen vom Wasser, wie Naumann meinte.

***

Kommissarin Reuter hielt fest:

„Wir haben die Schubkarre eindeutig als das Transportmittel identifiziert, mit dem der Tote vom Bordstein an der Einfahrtstraße zum Haffbad quer über den abgesperrten Parkplatz bis zum Weg hinter den Dünen und dann weiter bis zum Aufstieg zum FKK-Strand gefahren wurde. Die Spurensicherung hat trotz der Arbeit des leichten Salzwassers noch Blutreste an dem Gerät identifizieren können, die mit denen des Ermordeten übereinstimmen. Damit kennen wir im Detail den Weg, den der Täter zuerst mit seinem Auto und dann mit der Karre genommen hat. Auch die Tatzeit ist uns bekannt: noch vor Mitternacht."

„Allerdings wird der Täter für den Abtransport noch eine gewisse Zeit gewartet haben; ich schätze, mindestens bis zwei, drei Uhr in der Frühe, bis die Leute alle im Bett waren. Wo er dann später hingefahren ist, wissen wir nicht", warf Wolter ein.

„Gut", fuhr Nicole Reuter fort. „Dann gibt es noch die Kleidungsstücke des Toten. Die trieben in der Nähe des Ueckerkopfes noch vor der Einmündung in Ufernähe im Wasser, Blut getränkt – und die Wolldecke, in der das Opfer eingewickelt war. Die Spurensicherung arbeitet noch daran. Aber soviel ist klar: die Stoffreste aus dem Gebüsch vor dem Haus stimmen mit der Decke überein."

Wolter: „Weiter! Was haben wir noch?"

***

Nach dem Besuch des blutigen Appartements hatte sich Nicole Reuter aufgemacht, den Cousin des Opfers in seinem ASIA-Restaurant im Stadtzentrum zu besuchen und ihm die Todesnachricht zu überbringen. Der Verwandte hatte die Nachricht mit Fassung getragen, obwohl die Kommissarin sich nicht sicher war, welcher Anteil an seiner Reaktion kulturell bedingt war und welcher authentisch. Auf jeden Fall hatte die weitere, kurze Initialbefragung des Restaurant-Betreibers und dessen Sohnes keine weiteren Aufschlüsse über ein mögliches Umfeld des Opfers, aus dem sich Hinweise für ein Motiv ergeben könnten, ergeben. Wei Liu´s Verhältnis zu seinen Verwandten schien außerdem eher ein distanziertes gewesen zu sein. Nicole Reuter hinterließ ihre Visitenkarte.

Am darauf folgenden Tag erhielt sie einen Anruf von einer jungen Dame namens Wang Fang. Sie war die Nichte von Wei Liu und klang ziemlich aufgeregt am Telefon. Ihre entfernten Verwandten aus Ueckermünde hätten sie über den Tod ihres

Onkels informiert. Dann berichtete sie von ihrer Begegnung am Tag vor dem Mord an der Bushaltestelle vor dem alten Kraftwerk in der Nähe von Greifswald, von dem Wunsch des Fremden, der ihren Onkel besuchen wollte. Sie hatte daraufhin ihren Onkel angerufen und ihn vorgewarnt, dass ihn jemand am kommenden Abend besuchen würde.

Nach dieser Information unterbrach Reuter die Frau am anderen Ende der Leitung:

„Frau Fang, diese Informationen sind sehr wichtig. Zu wichtig, als dass wir sie am Telefon weiter besprechen sollten. Ich fahre gleich raus zu Ihnen mit einem Kollegen. Wo kann ich Sie treffen?"

Wang Fang war noch auf der Arbeit. Sie hätte um vierzehn Uhr Feierabend. Sie wollte aber nicht, dass die Polizei zu ihr nachhause käme, das sähe schlecht aus bei den Nachbarn, die ohnehin nichts von Asiaten hielten. Die Polizistin versprach, in einem neutralen Auto und in Zivil bei ihr vorbei zu kommen. Daraufhin nannte die Chinesin ihr eine

Adresse in Lubmin. Nicole Reuter nahm Falko Naumann mit.

Die Befragung verlief von Anbeginn an so, dass die beiden Polizisten beschlossen, sie auf dem Revier fortzusetzen. Wang Fang war also einem fremden Mann vor dem stillgelegten Kernkraftwerk begegnet, der vorgab, Journalist zu sein. Dieser Mann wollte Recherchen über das AKW Greifswald durchführen, die zunächst wohl vertraulicher Art waren, sodass offizielle Stellen der Betreibergesellschaft davon nichts wissen sollten. Er suchte einen ehemaligen Insider, der ihm dabei behilflich sein sollte. Die junge Frau hatte ihm daraufhin Namen und Adresse ihres Onkels mitgeteilt, obwohl sie wusste, dass der keine besonders bedeutende Stelle in dem Betrieb innegehabt hatte. Nicole Reuter führte die Befragung:

„Was hat ihr Onkel damals da gemacht? Wissen Sie das?"

„Nicht genau. Er hat mir ja diesen Putzjob dort besorgt, kurz bevor er aufhörte. Er arbeitete im Labor."

„Was für ein Labor?"

„Die hatten dort mehrere Labors. Was genau die machten, weiß ich nicht, aber er hatte irgendetwas mit Strahlung zu tun."

„Wurde in dem Kernkraftwerk an Dingen gearbeitet, die nichts direkt mit dem Kraftwerksbetrieb zu tun hatten? Geheime Sachen vielleicht?"

„Das weiß ich nicht. Mein Onkel hat nie darüber gesprochen. Wir sahen uns ja kaum noch, nachdem er aufgehört hatte." –

„Hat der fremde Mann irgendetwas über seine Absichten erzählt?"

„Nein. Nur, dass er für die Haff-Zeitung arbeiten würde. Aber er machte einen nervösen Eindruck. Er hatte nicht einmal einen Stift oder Papier bei sich. Ich fand das etwas seltsam für einen Journalisten."

„Was wollte er denn aufschreiben?"

„Na, die Adresse von meinem Onkel natürlich."

„Können Sie uns den Mann beschreiben?"

„Ja. Er war so vielleicht Mitte vierzig, ziemlich ungepflegt, aber hatte teure Sachen an, einen teuren Parka, von McKinley, gute Schuhe. Aber er sah irgendwie krank aus."

„War er mit dem Bus gekommen?"

„Ich glaube nicht. Er ging zu Fuß weg, bevor mein Bus kam. Er musste irgendwo sein Auto abgestellt haben, denke ich."

„Hat er sich vorgestellt?"

„Jaja. Ich habe ja seinen Namen später im Bus extra aufgeschrieben, weil ich meinem Onkel sagen wollte, wer da kommen würde. Hier."

Sie holte einen Zettel aus ihrer Handtasche: „Das ist er: Peer Stehnke. Er sagte, er käme aus Rostock, aber er sprach nicht so. Er sagte, er wäre in Rostock verheiratet, er käme aus dem Süden."

Naumanns Anruf bei der Haff-Zeitung ergab, dass es dort keinen Peer Stehnke gab. Auch ein freier Journalist mit diesem Namen war dort nicht bekannt. Sie hatten bereits auf dem Weg zum Präsidium einen Experten für Phantombilder angefordert. Als der eintraf, übergaben sie Wang Fang an den Mann, der mit ihr dann zusammen ein Bild herstellte.

***

„Also, Nicole, dann fass mal zusammen", forderte Wolter seine Assistentin auf.

„OK, aber vorher will ich noch kurz das mit dem Fahndungsbild zu Ende bringen. Wir haben das Bild an alle Dienstellen in unserem Bundesland geschickt, außerdem ist es im MDR gezeigt worden. In Greifswald und Umgebung hängt es an einigen Großtankstellen. Eine erste Reaktion haben wir im Hotel Alt-Ueckermünde gehabt. Stefan und ich sind mit dem Bild die Hotels in der Gegend abgefahren, und die Empfangsdame in dem Hotel hat den Mann wieder erkannt. Er hatte sich unter dem Namen, den Frau Fang uns genannt hatte, eingeschrieben: Peer Stehnke. Als Adresse hatte er Rostock, Bahnhofstraße 12 angegeben. Aber ein Stehnke ist dort unbekannt."

„Was ist mit dem Fahrzeug. Kennzeichen oder so. Der hat doch bestimmt die Hotelgarage genutzt?"

„Fehlanzeige, hat kein Kennzeichen eingetragen."

„Scheiße. Also, was haben wir?", Wolter wurde wieder einmal ungeduldig.

„Gut. Ne ganze Menge: wir kennen in etwa die Tatzeit, den Weg, den der Täter mit der Leiche genommen hat, seine Schuhgröße. Wir haben eine Zeugin, die einen Verdächtigen gesehen hat. Von der haben wir eine Personenbeschreibung und ein Phantombild, und wir wissen, in welchem Hotel er sich aufgehalten hat."

„Aber keine Fingerabdrücke?"

„Nein", seufzte Kommissarin Reuter und blickte Hilfe suchend ihren Kollegen Falko Naumann an. Der zuckte nur mit den Schultern. Wolter verteilte Arbeit.

***

Der Hauptkommissar ging trotz seiner mürrischen Miene mit zufriedenem Herzen aus dem Konferenzzimmer auf den Flur hinaus in Richtung seines Büros, als er am Ende des Ganges eine lange Gestalt im edlen Paletot wahrnahm. Neben dem Mann mit dem blonden, gewellten Haar wartete eine weitere Person, eine Frau mit halblangen Ringellöckchen. Sie trug einen eleganten Lederkoffer am langen Arm. Beide starrten in seine Richtung. Als Wolter fünf Schritte von ihnen entfernt war, trat der Mann vor und sprach ihn mit lauter Stimme an:

„Heinz, ich muss mit Dir reden. Du machst mir Sorgen", eröffnete Polizeidirektor Lampader aus Aklam das Inpromtu-Treffen.

„Was machst Du jetzt hier? Ich kann mich nicht daran erinnern, einen Termin mit Dir zu haben. – Kommt in mein Büro – und übrigens: guten Tag!"

„Nein. Wir besprechen das hier. Ich habe sowieso keine Zeit, bin auf dem Weg nach Berlin zu einer Konferenz. Es gibt ein Problem."

„Wir haben nur Probleme. Also: welches?"

„Du hältst Dich nicht an meine Anordnungen."

Hinten auf dem Flur wurde es unruhig. Naumann, Kirn und Reuter hielten sich vor dem Besprechungsraum auf und tuschelten in Richtung des Dreigestirns am anderen Ende des Ganges.

„Wieso das?"

„Es gibt ein Schreiben von mir mit gelber Post von vor drei Monaten mit klaren Anweisungen über Straftaten gegen Ausländer. Jede solche Straftat ist mir unverzüglich zu melden mit allen Hintergründen."

„Das Schreiben kenne ich. Wieso kommst Du jetzt darauf?"

„Ich habe erfahren, dass es hier in Ueckermünde in Deinem Bezirk ein ausländerfeindliches Verbrechen, einen Mord, gegeben hat. Eine Meldung habe ich nicht von Dir erhalten."

Hauptkommissar Wolter musste an sich halten. Lampader spielte auf den Chinesen an. Ein Ausländer, der seit vierzig Jahren hier heimisch war.

„Was soll das? Der wohnt hier schon ewig und ist voll integriert so wie seine Verwandten auch. Der Mord hat mit seiner Herkunft nichts zu tun. Das war in Zusammenhang mit dem Kraftwerk in Greifswald. Wir haben Spuren zu einem Verdächtigen, der zufällig mit der Nichte des Opfers zusammengetroffen war. Das hatte mit Ausländerfeindlichkeit nichts zu tun."

Der hoch gewachsene Polizeidirektor stellt sich auf seine Zehenspitzen:

„Du scheinst es ja genau zu wissen. Wer ist denn der Täter?"

„Wir ermitteln."

„Also, der Grund für mein Schreiben war ein Erlass des Innenministers. Was eine ausländerfeindliche Straftat ist, entscheiden nicht die Ermittler vor Ort, sondern das wird nach sorgfältiger Analyse auf höheren Ebenen festgelegt. Ich erwarte Deine Meldung bis spätestens morgen früh."

Wolters Mitarbeiter waren näher herbeigeschlendert und hatten die letzten Sätze mitbekommen. Lampader machte auf dem Absatz kehrt in Richtung Treppenhaus, gefolgt von seiner Inspektorin Weißhaupt. Wolter drehte sich ebenfalls um, aber in die andere Richtung. Er starrte in drei fragende Gesichter:

„Was steht Ihr hier rum? An die Arbeit. Ich habe zu tun."

Und verschwand in sein Büro.

Der Drachenfels

Fred Unkel kam langsam zu sich. Die Sonne schien strahlend in sein großes Wohnzimmerfenster hinein. Er hatte vergessen, die Jalousien herunterzulassen. Sogar die Vorhänge waren nicht zugezogen. Er hatte so vieles vergessen seit vergangene Nacht. So wie jede Nacht. Seit er nicht mehr im Schlafzimmer, sondern auf der Wohnzimmercouch schlief. Daran hatte er sich mittlerweile gewöhnt. Nicht, dass er jemals dafür einen Plan entwickelt hatte. Nein, es war so gekommen. Sporadisch und ganz spontan. Zuerst war er zu faul gewesen, sich auszuziehen, seine Abendtoilette zu machen und regulär ins Bett zu gehen. Dann hatte er sich damit abgefunden, es grundsätzlich so zu handhaben. Dann brauchte er die leeren Bierflaschen auch nachts nicht mehr wegzuräumen. Alles konnte so bleiben bis zum nächsten harten Morgen. So wie heute. Außerdem verbanden sich mit dem Schlafzimmer unangenehme Erinnerungen. Er hatte keine Lust, jedes Mal vor dem Einschlafen die Gespenster zu verscheuchen, die auf ihn eindrangen.

Er warf die dünne Wolldecke mit einem Ruck auf den Fußboden und setzte sich auf. Seine Hose hatte er noch ausgezogen, bevor ihm in der Nacht wieder die Augen zugefallen waren. Das war auch alles. Er erhob sich ächzend und schlurfte in die Küche. Dort lehnte er sich lange an die Anrichte, griff schließlich ein benutztes Trinkglas, füllte es mit lauwarmem Küchenwasser und trank es in gierigen Zügen in einem Zuge leer. Was würde der heutige Tag bringen? Er ging langsam zurück ins Wohnzimmer. Acht leere Bierflaschen teilten sich die Fläche des niedrigen Tisches, eine war umgestürzt, und der Rest ihres Inhalts hatte sich in einer klebrigen Pfütze ergossen, aus der es über den Tischrand auf den Teppichboden getröpfelt war. Die dort entstandenen Flecke gesellten sich harmonisch in ein ähnliches, bereits vorhandenes Muster.

Er musste raus. Unbedingt. Seit Ueckermünde hatte er nichts Vernünftiges mehr angestellt. Und das war ja jetzt schon sechs Wochen her. Dabei war sein Geist damals noch klar gewesen. Er war sogar zunächst gar nicht direkt nach Hause zurück gefahren, sondern hatte noch in Rostock Station gemacht. Und dabei eine interessante Entdeckung, die irgendwie in seine Pläne und sein momentanes Weltbild passte.

***

Er hatte sich nach den Tagen am Haff erschöpft gefühlt, und statt bis zum Kreuz Wismar durchzufahren, war er bei Rostock abgebogen und in die Innenstadt gefahren, um etwas zu essen. Nach dem er sich an einer Pizza Frutti di Mare im Restaurant La Fontana in der Altstadt gütlich getan hatte, hatte er sich noch etwas die Beine vertreten und dabei eine seltsame Entdeckung gemacht. Seltsam für ihn, für andere vielleicht nur bemerkenswert. Ganz in der Nähe erhob sich der wuchtige Bau der St. Marienkirche. Für Kirchen hatte er seit früher Jugend nie viel übrig gehabt, aber eine Schautafel vor der Kirche hatte seine Aufmerksamkeit geweckt. Auf dem blauen Plakat stand in großen Buchstaben in Frakturschrift: „Der Kalender der astronomischen Uhr der St. Marienkirche in Rostock". – Eine Uhr, die auf astronomischen Daten, also auf kosmische Zusammenhänge basierte. Das könnte interessant sein. Fred Unkel betrat das Gotteshaus.

Die Uhr konnte man besichtigen. Er hatte sich unauffällig zu einer kleinen Gruppe von Besuchern angeschlossen, die aufmerksam einem älteren Herrn zuhörte, der den komplexen Mechanismus des Gerätes erklärte:

Er lernte, dass es Aufgabe einer Uhr war, Zeitpunkte darzustellen, während ein Kalender Zeiträume verdeutlichte. In einer astronomischen Uhr werden beide Funktionen verquickt. Diese Uhr war im 15. Jahrhundert entstanden. Kernstück ist die kunstvoll gearbeitete Kalenderscheibe mit einem Durchmesser von 2m, innerhalb dessen alle wichtigen Daten in kunstvoller Schrift vermerkt sind. Darum rankt sich ein Ring mit den Darstellungen der Tierkreiszeichen.

Die Kalenderscheibe dreht sich im Uhrzeigersinn einmal jährlich. Auf ihr sind in einer kalligraphischen Schrift zwei Gruppen von Daten eingetragen: für die 365 Tage des Jahres und für die 133 Jahre des Gültigkeitszeitraums der Scheibe. Alle 133 Jahre muss sie komplett erneuert werden. Es war diese Information, die Fred Unkel besonders fasziniert hatte. Sie passte in sein Konzept der Wiederkehr der Zeiten: alles konnte neu gemacht werden, immer wieder von vorn beginnen.

Insgesamt finden sich folgende Daten auf der Scheibe: Monatsname, Monatslänge, Tagesdatum, Tagesbuchstabe, Heiligenname für den Tag oder Kirchenfest, Zeit des lokalen Sonnenaufgangs; weiterhin die so genannte goldene Zahl, ein Ring mit den 133 Jahreszahlen, der Zeitraum Weihnachten bis Fastnacht und das Osterdatum.

Fred hatte den Redefluss des Touristenführers unterbrochen:

„Warum 133 Jahre, und was bedeutet die goldene Zahl?"

Der ältere Herr hatte sich nicht aus der Ruhe bringen lassen:

„Ich komme gleich darauf. Nur noch ein wenig Geduld."

Die Goldene Zahl ist ein Viertel der so genannten „Großen Indiktion". Um das zu verstehen, muss man die Berechnung des Osterdatums kennen. Der Touristenführer erklärte es:

„Ostern fällt auf den ersten Sonntag nach dem ersten Vollmond im Frühjahr. Die goldene Zahl ergibt sich dann aus dem Wiederholungszyklus der Mondphasen, denn nach 19 Jahren fallen die Mondphasen wieder auf denselben Tag. Andererseits beträgt der Wiederholungszyklus für die Sonne 28 Jahre. Multipliziert man diese beiden Zyklen, so erhält man die goldene Zahl 532. Das ist also der Wiederholungszyklus der Osterdaten. Hier auf unserer Scheibe ist nur ein Viertel dieses Zyklus dargestellt: 133 Tage. Dann muss eine neue Scheibe erstellt werden."

Fred war etwas verwirrt geworden von den Zeigern, die von Figuren gehalten wurden, von in einander geschachtelten Ringen mit Zahlen und Namen und Bezügen, aber in ihm hatte ein Zusammenhang aufgeleuchtet, den er zwar noch nicht ausformulieren konnte, aber den er in Verbindung gebracht hatte mit einer anderen Scheibe. Was hatte der Chinese ihm vor noch nicht einmal vierundzwanzig Stunden erklärt?

„Stellen Sie sich vor, Sie sitzen mit mehreren Personen an einem runden Tisch, und in der Mitte befindet sich ein Rad – so wie bei einem Roulettespiel. Das Rad ist in mehrere Sektoren aufgeteilt, in denen jeweils Symbole eingezeichnet sind, zum Beispiel eine Ratte oder ein Hase. Und ein Drache. Die Person am Tisch, auf den der Drache zeigt, hat das Recht, das Rad zu drehen, bis es zum Stillstand kommt."

Drachenrad hatte er es genannt. Und jetzt stand er hier vor so einem Rad. Oder einem Ähnlichen. Die Vorsehung hatte ihn hier hin geführt. Er war auf der richtigen Fährte.

***

Draußen herrschte herrliches Frühlingswetter, die Vögel sangen und hatten mit dem Nestbau begonnen, die Bäume waren ausgeschlagen, überall grünte und blühte es. Fred zog sich seine leichten Wanderschuhe an. Für

Bermudas war es doch noch zu frisch, aber seine Sommer-Cargohose war genau die richtige Kleidung, ein weißes T-Shirt ohne Aufdruck und darüber – vorläufig – ein leichtes Blouson. Er steckte sein Portemonnaie in die Gesäßtasche, schloss ab und holte den Wagen aus der Garage. Als Ziel hatte er den höchsten Berg Hollands anvisiert – den Berg, dessen Name assoziiert war mit dem Namen seines Projektes – den Drachenfels. Er war schon etliche Male oben gewesen – allein und mit seiner Frau – und kannte die Umgebung und das Plateau wie seine Westentasche, aber jetzt war alles anders. Er hoffte auf eine weitere Inspiration.

***

Der Drachenfels mit seiner Höhe von 321 Metern im Siebengebirge bietet eine der bekanntesten Silhouetten des Rheintals und liegt zwischen Königswinter und dem Bad Honnefer Stadtteil Rhöndorf. Es gibt verschiedene Theorien für die Entstehung seines Namens. Die profanere behauptet, er wäre eine Verballhornung des Begriffs Trachyt, ein Gestein, das bis in die erste Hälfte des neunzehnten Jahrhunderts für den Bau des Kölner Doms dort abgebaut wurde. Die geologische Bezeichnung Trachyt ist allerdings neueren Datums, der Drachenfels selbst kommt aber schon in sehr alten Urkunden vor, sodass eine andere Interpretation die Nibelungensage zur Hilfe nimmt, und diesen Berg als die Heimat des berühmten Drachen, gegen den Siegfried kämpfte, ausmacht. Wie dem auch sei: es gibt bis heute Familien, die in der Gegend wohnen und den Namen „von Drachenfels" weiter führen.

Auf dem Plateau stehen die Reste einer ehemaligen Burganlage sowie ein Restaurant mit einem Gebäude aus den dreißiger Jahren des vergangenen Jahrhunderts, kombiniert mit einem moderneren Glaskubusbau. Der Ausblick auf den Rhein von hier oben ist fantastisch.

***

Fred Unkel nahm nicht die Standard-Route über Königswinter-Mitte am Kristallspiegelsaal vorbei und dann weiter die Direttissima vor dem Nibelungenmuseum her mit seinen Schlangen und Krokodilen über die Drachenburg nach oben. Er nahm auch nicht die historische Zahnradbahn oder den Langen Weg hinten herum durchs Nachtigallental oder an der Hirschburg vorbei. – Er fuhr aus Siegburg hinaus und gelangte auf die A3, fuhr Richtung Süden weiter und nahm dann die Ausfahrt Siebengebirge. Von dort in Richtung Königswinter durch Ittenbach hindurch über die Margarethenhöhe. Die Ferdinand-Mühlens-Straße brachte ihn schließlich zur Auffahrt auf die A42, auf der er nur kurz bis zur Ausfahrt Rhöndorf blieb. Unten angekommen hielt er sich links und dann sofort wieder links. Nach einhundert Metern parkte er sein Auto vor dem Weingut Pieper. Dann ging es zu Fuß weiter.

Der asphaltierte Wirtschaftsweg führte steil in den Weinberg hinein. Er hielt sich oben rechts auf der unteren Terrasse und wanderte gemächlich am Ulanendenkmal vorbei. Von dort ging es wieder steil bergan bis auf die dritte und höchste Terrasse. Oben schwenkte er nach rechts bis zum Waldrand. Von dort zweigte ein Wanderweg nach Rhöndorf ab und ein kleiner Einstieg weiter nach oben – über enge Steige und schmale Serpentinen durch den Wald zum Drachenfels. Diese Route nahm er und kam gehörig ins Schwitzen. Er brauchte mit den kleinen Pausen der Erschöpfung eine knappe Dreiviertelstunde bis zum Plateau.

Das Restaurant war geschlossen, aber das war auch nicht sein Plan gewesen. Sterneküche im durchgeschwitzten T-Shirt? Es gab noch einen Imbiss. Nur wenige Menschen tummelten sich hier: ein junges Pärchen, drei rüstige Rentner in voller Wandermontur mit Tchibo-Jacken und Tirolerhut. Fred entschied sich für eine Bratwurst und ein Bier. Dann schlenderte er zu einer der Aussichtsstellen.

Auf der gegenüber liegenden Rheinseite lag Wachtberg, ganz hinten die Radarkugel des Fraunhofer-Instituts. Heute war die Sicht ungetrübt. Man sah weit in die Voreifel hinein.

Sein Kopf wurde klarer. Der Aufstieg hatte seinen Kreislauf in Wallung gebracht – ein Kreislauf, der seit Tagen, ja Wochen die Trägheit seines durchgelegenen Sofas genossen hatte, nur angeregt von zyklischen Schnäpsen und wieder zur Ruhe gebracht durch ebenso zyklische Biere – das alles im Dunst eines ungelüfteten Wohnzimmers hinter zugezogenen Gardinen. Sein Kopf wurde klarer durch die hohe Luft hier über den Wäldern. Und dann kam die Inspiration.

Er blickte zurück, zurück über die Wochen seiner Pilgerschaft nach dem heiligen Gral des Drachenrades, und sein Blick fiel in einen Erinnerungsspalt, dessen Verortung sich im Havanna befand. Er hatte dort gesessen und den Generalanzeiger gelesen. Wann war das gewesen? Eine Ewigkeit her. Zwei Tische weiter hatte jenes seltsame Paar von der Universität gesessen. Die junge Frau …. , die ihn nach Greifswald gelockt hatte – in die Vergeblichkeit. Was heißt Vergeblichkeit? Immerhin kannte er jetzt den Decknamen des Projekts. Deshalb war er ja auch auf diesem Berg, wegen der Assoziationen: Drachenrad, Drachenfels ….

Aber er dachte nicht mehr an die Antworten auf seine Fragen, die die junge Frau ihm gegeben hatte. Er dachte an den Tipp des Chinesen:

„Ich kann Ihnen einen Rat geben: wenn es sich um die Zeit handelt, die im Mittelpunkt Ihrer Überlegungen steht, sollten Sie nicht zu den großen Brocken gehen wie zum Beispiel Kraftwerke und so. Achten Sie auf das ganz Kleine, das Winzige, das Unscheinbare. Dann werden Sie fündig werden."

Und genau in diesem Zusammenhang erinnerte er sich an einen Gesprächsfetzen, der vom Tisch der Beiden zu ihm hinüber geweht gekommen war. Der Mann hatte etwas über seine Pläne erzählt, über Orte, die er besuchen wollte. Diese Liste kam ihm jetzt schlagartig ins Bewusstsein: „….Genf, CERN, DESY, Hamburg und nach Darmstadt." Fred Unkel wusste, was das zu bedeuten hatte: das waren große Labors, CERN und DESY, und das in Darmstadt, das kannte er nicht, aber er würde es herausfinden über Google. Und diese Labors taten nichts anderes, als sich mit dem zu beschäftigen, was der Chinese das Kleine, das Winzige genannt hatte: die Bausteine der Materie. Und in diesen musste das Geheimnis der Zeit verborgen sein. Da war er sich sicher.

Fred Unkel hatte es plötzlich eilig. Der Weg nach oben hatte sich gelohnt. Er spürte den Tatendrang und bedauerte, dass sein Auto da stand, wo es stand, denn er musste wieder mühsam durch den Wald hinunter. Hätte er die Standardroute genommen oder die Zahnradbahn, dann würde er mindestens eine Stunde früher zuhause sein. Es ging um detaillierte Planung. Sein nächstes Ziel war Hamburg.

Hamburg

Hella Droste hatte den Entwurf für ihren Flyer fertig. Ein letzter kritischer Blick auf den Bildschirm. Sie scrollte nach links, dann nach oben. Alles paletti. Es war die Ankündigung für die Summer School – im nächsten Jahr! Obwohl der Sommer des laufenden Jahres noch gar nicht eingetroffen war – zumindest dem Kalender nach. Aber für Ende Mai war es schon ziemlich mollig. Sie linste über die Oberkante ihres Laptop-Bildschirms durch das große Panoramafenster. Dahinten unter praller Sonne leuchteten die Tribünen des Volkspark-Stadions oder auch ehemalige AOL-Arena oder HSH Nordbank Arena oder Imtech Arena. Hella wandte ihren Blick zur Seite. Schräg neben ihr hämmerte ihre Kollegin Melanie Pfeiffer in die Tastatur:

„Ich freu mich auf heute Abend, Melle."

„Wegen dem Typ oder was?"

„Ja. Man weiß nie, was kommt. Am Telefon klang der super sympathisch, so eine angenehme Stimme. Da steckt meistens auch ein entsprechender Typ dahinter. Bin mal gespannt."

„Und wenn der jetzt fett ist oder ne hässliche Nase hat? Wie alt soll der sein?"

„Weiß ich nicht, aber alt hat der sich nicht angehört."

„Und wo geht ihr hin?"

„Rauchs."

„Old Commercial Room. Was ganz Feines. Wer bezahlt?"

„Er hat mich eingeladen."

„Scheint ja Kohle zu haben."

„Der ist Schriftsteller. Der schreibt ein Buch über uns. Ich hab ihm schon jede Menge Material zusammengepackt, aber das Meiste kriegt er ja von der Webseite."

„Warum kommt er dann nicht hierher zu uns. Das wäre doch viel einfacher. Dann kann man alles besprechen und zeigen."

„Vielleicht macht er das ja noch, aber er wollte zuerst mit mir zu Abend essen. Vielleicht ist das ja seine Art, an Informationen zu kommen."

„Pass bloß auf Dich auf – nachher."

„Keine Sorge. Ich kenn den doch gar nicht."

„Wo kommt er denn her?"

„Von Rostock."

„Und wenn der gut aussieht?"

„Mal sehen, was das wird. Bin sowieso schon viel zu lange solo."

Es war ja auch fast schon Zeit. Hella Droste packte langsam ihre Sachen zusammen. Sie war schließlich die Chefin hier in der Presse-Abteilung. Da sie diese Abendverabredung hatte, entschied sie, heute früher Schluss zu machen. Sie musste ja zwischendurch noch nach Hause, sich zurechtmachen und dann von Bahrenfeld zum Michel mit der S-Bahn. Das brauchte seine Zeit.

Es war 15:45 Uhr, als Sie ihrer Kollegin „Tschüss" sagte. Dann verließ sie das Bürogebäude und machte sich auf den langen Weg bis zum Haupteingang von DESY. Draußen nahm sie den Metrobus 1 Richtung Bahrenfelder Chaussee. Auf der Höhe Bornkampsweg stieg sie aus und ging das letzte Stück zu ihrer Wohnanlage an der Ruhrstrasse zu Fuß. Sie hatte eine nette Zweieinhalb-Zimmerwohnung mit Terrasse, für die sie die Hälfte ihres nicht unerheblichen Monatslohns hinblättern musste. – Die Verabredung war um 20:00 Uhr. Sie musste sich beeilen.

***

DESY steht für Deutsches Elektronen-Synchrotron. Dabei handelt es sich um eine weltweit bedeutende Einrichtung für naturwissenschaftliche Grundlagenforschung. DESY beschäftigt sich mit:

der Entwicklung, dem Bau und dem Betrieb von Teilchenbeschleunigern, sowie mit der Elementarteilchenphysik und ganz besonders mit Photonenexperimenten – also der Untersuchung von Licht.

Gebaut wurde das Labor in Bahrenfeld in Hamburg auf einem ehemaligen Exerzierplatz und Militärflughafen. Im Jahre 1964 begannen die ersten Experimente. Im Laufe der Jahre wurden weitere Beschleunigeranlagen gebaut, auch Speicherringe, in denen Elektronen, die negativ geladenen Teilchen, die auch den elektrischen Haushaltsstrom ausmachen, bei nahe Lichtgeschwindigkeit zusammenstoßen und wieder ganz neue Teilchen erzeugen. Viele Experimente bei DESY beschäftigen sich mit der Erforschung des Aufbaus der Materie aus ihren kleinsten Bestandteilen, den Quarks.

Hier war also der erste Ort für das ganz Kleine, das Winzige, das Unscheinbare – auf dem Weg zur Erforschung von Fred Unkels Zeit.

***

Hella Droste schaffte es pünktlich. Der Mann wartete wie vereinbart vor dem Restaurant. Das verabredete Zeichen war eine Frankfurter Allgemeine Zeitung unter dem Arm. Sie hatte das sofort erkannt. Es war ja auch einfach, denn außer ihm wartete niemand vor dem Gasthaus. Hella Droste war etwas enttäuscht. Es war das übliche Phänomen nach einem telefonischen Kennlernen: die Stimme des unbekannten Gesprächspartners inspirierte ein Bild über Aussehen und Verhalten – in der Regel basierend auf Zuordnungen Stimme-Mensch aus vergangenen Begegnungen, vom Unterbewusstsein abgerufen. Wie so oft, passte es auch dieses Mal nicht. Statt des erwarteten, erfolgsgebräunten sportlichen Journalisten mit blendend weißen Zähnen, einem strahlenden sympathischen Lächeln und intellektuellem

Haarschnitt, der einen Hauch von Abenteuer verraten hätte, stand ein anderer Mensch vor ihr:

Ein Mann, etwa vierzig Jahre alt, dessen Haare sich oben auf dem Kopf zu lichten begonnen hatten. Braune, weite Cordhose, ein teures Oberhemd mit dezenten rot-grünen Längsstreifen, darüber einen dunkelblauen Blazer, auf Hochglanz polierte hellbraune Lederschuhe. Das war schon alles, ansonsten machte der Typ einen ungepflegten Eindruck: die Haare an den Seiten standen ihm über die Ohren, er trug einen Drei-Tage-Bart – ob aus Nachlässigkeit oder Markenzeichen war auf den ersten Blick nicht ersichtlich –, und unter den geröteten Augen hatte sie dunkle Ränder wahrgenommen. Aber er lächelte auch, vielmehr kam sein Lächeln wie ein Grinsen rüber. Mal sehen, dachte sie:

„Hallo. Herr Brandes?"

„Ja, der bin ich. Dann müssen Sie Frau Droste sein?"

„Genau. Hatten Sie eine gute Fahrt von Rostock hierher? Nicht zuviel Stau?"

„Nur kurz vor Hamburg. Wegen der vielen Baustellen."

„Ja. Das Problem haben alle unsere Besucher."

„Wollen wir reingehen? Ich habe reserviert."

„Gerne"

Der Mann ging vor, hielt ihr die Tür auf und teilte dem Empfangskellner seinen Namen mit. Der führte sie zu einem Tisch in einer – wie bei der Reservierung verlangt – ruhigen, etwas abgeschiedenen Ecke. Hella Droste hatte sich auf die Lage eingestellt und fand ihren Gesprächspartner schon nicht mehr ganz so unsympathisch wie beim ersten Blick. Und diese Einschätzung sollte sich im Laufe des Abends noch weiter verbessern.

„Erst essen und dann Geschäft?" fragte die Pressesprecherin von DESY.

„Ich schlage vor, während wir auf das Essen warten, können Sie mir ja schon etwas über Ihre

Einrichtung erzählen, das können wir danach ja noch vertiefen."

„Es wäre ganz gut, wenn Sie mir etwas über ihr Buchprojekt berichten würden – damit ich bei meinem Vortrag nicht völlig neben dem Thema liege."

„Gut", begann der Mann. „Ja, es ist eigentlich kein Buch nur über DESY. Ich tingele sozusagen durch die ganze Welt, von Labor zu Labor, und sammle Material für eine umfassende Darstellung dieser ganzen Experimentieranlagen."

„Sind Sie Naturwissenschaftler?"

„Ich bin Journalist, oder besser: technischer Autor. Ich schreibe gelegentlich für Spezialzeitschriften."

Hella Droste war von Hause aus Physikerin, hatte sich aber später auf Wissenschaftsjournalismus spezialisiert. Auf diese Weise war sie zu DESY gekommen. Der Vorteil als Pressechefin dort war eben, dass sie auch inhaltlich wusste, wovon sie redete.

„Welche Labors haben Sie denn bisher schon besucht?"

„Ehrlich gesagt: Sie sind das erste auf meiner Planungsliste."

„Wie viel Zeit haben Sie sich denn für dieses große Projekt vorgenommen?"

„Na, ein paar Monate schon."

Die junge Frau dachte einen Moment nach.

„Ich würde eher sagen ein, zwei Jahre?"

„Jaja, das meinte ich. Ich untertreibe gern. Aber, wo wir von Zeit reden. ‚Zeit' soll ein durchgängiges Thema in diesem Buch werden. Zeit und diese kleinen Teilchen, und was die machen." Der Mann lachte das strahlendste Lächeln, zu dem er fähig war. Die junge Frau nahm seine blendend grauen schiefen Zähne wahr. Sie nahm noch einen Schluck von ihrem Aperol-Spritz-Aperitif. Ihr Gesprächspartner hatte sich eine Cola bestellt. Er wollte offenbar einen klaren Kopf behalten.

Während des Essens – es gab vier Gänge: Canapes mit Büsumer Nordseekrabben und frischem

Lachs, Hamburger Aalsuppe, Labskaus und Rote Grütze zum Schluss – erzählte die Frau von der Presseabteilung ausführlich über Geschichte und Mission ihrer Forschungseinrichtung. Dabei warf sie bei jeder Gelegenheit ein, dass er das ja auch alles über die Webseite erfahren und dort noch einmal nachlesen könnte. Sie würde ihm aber nachher noch einen Stapel Prospekte überreichen, die sie in ihrer Tragetasche dabei hatte.

Der Mann war zu Apfelschorle gewechselt, sie zu Grauburgunder aus der Pfalz. Beim zweiten Glas fand sie den Typen gar nicht mal so mies, wie der erste Eindruck es vermittelt hatte. Sicher, er war etwas spröde, hatte nichts Draufgängerisches an sich, aber versuchte, trotzdem charmant zu sein – auf seine bescheidene Art.

Das Essen war zu Ende, die Prospekte übergeben.

„Ja, vielen Dank. Das war sehr nett mit Ihnen. Und nochmals vielen Dank für das Essen."

Der Mann hatte bereits bezahlt. Bar. Wie sie bemerkte.

„So schnell geht das bei mir nicht", kam die freundliche Erwiderung. „Wir haben noch gar nicht über mein Lieblingsthema geredet."

„Und das wäre?"

„Über die Zeit."

„Ach so, sagten sie. Was machen wir nun?"

„Darf ich einen Vorschlag machen?" fragte der Mann beim Hinausgehen.

„Und der wäre?"

„Ich wohne gleich ein paar hundert Meter weiter im Hotel Hamburg. Wenn ich Sie zu einem Digestif an der Bar einladen darf, dann könnten wir uns dort abschließend darüber austauschen. Was meinen Sie?"

Hella Droste dachte nur kurz nach. Was hatte ihre Kollegin gesagt: „Pass auf Dich auf!" Natürlich. Die kannte den Typen doch gar nicht. Der war richtig nett.

„OK, warum nicht. Die Abendluft auf dem Weg wird sicher gut tun."

Ja, die Abendluft war lau, das Essen hervorragend gewesen, ebenso der Wein. Es waren tatsächlich nur ein paar hundert Meter. Und ein Mann war bei ihr. Also konnte nicht viel passieren. Allein wäre sie die Strecke zu dieser Stunde nicht gegangen.

***

Statt Digestif entschied sie sich dann doch für einen Screwdriver, der Mann bestellte einen doppelten Espresso an der Bar. Dann – nach einigen Höflichkeiten – lenkte er das Thema auf Heisenberg und die Unschärferelation. Es kam die übliche Frage nach der Beeinflussung der Zeit. Hella Droste riss ihre Augen weit auf und lachte laut auf. Hier an der Bar genierte es niemanden, wenn mal jemand gelegentlich in ungezügeltes Gelächter ausbrach.

Der Mann grinste verstohlen mit, sodass andere Gäste meinten, er habe einen Witz erzählt.

„Sie sind mir ja ein *Practical Joker*", spöttelte die Dame von DESY und hielt die Anfrage des Mannes tatsächlich für einen Witz, um den Ernst des Abends auszuräumen.

„Ich frage deshalb", entgegnete er, „weil ich das selbst schon einmal gefragt worden bin. Diese Geschichte hat mir vor einem halben Jahr ein Bekannter aufgetischt. So etwas gibt's."

Sie hatte sich beruhigt und schlürfte an ihrem Cocktail. Nach einer kurzen Stille von noch nicht einmal einer Minute brach dann die Physikerin in ihr aus. Sie machte ein ganz ernstes Gesicht – so wie eine Dozentin:

„Wissen Sie: manche Leute meinen, dass es gar keine Zeit gibt, und ich tendiere auch zu dieser Auffassung."

„Wie soll das gehen? Dann würden wir ja niemals älter. Und das stimmt doch gar nicht."

„Wir würden schon älter, aber das hätte dann nichts mit der Zeit zu tun. Sie haben doch sicher schon einmal von der Leibnitz-Zeit gehört, oder?“

Der Cocktail – zusammen mit den anderen Zutaten des Abends – begann, seine Wirkung zu zeigen.

„Jaja, gehört schon.“

„Also, Leibnitz und Newton haben unabhängig voneinander die Differentialrechnung erfunden. Da gab es damals noch einen heftigen Prioritätenstreit.“

Der Mann nickte wissend.

„Und wenn man zum Beispiel die Änderung der Geschwindigkeit eines sich beschleunigenden Autos über die Zeitachse betrachtet, dann macht man die Zeitintervalle immer kleiner, bis sie sozusagen unendlich dünn sind. Das ist dann die leibnitzsche Sicht auf die Zeit.“

„Aha. Ja, genau.“

Hella Droste wusste jetzt, dass ihr Gegenüber nicht den leisesten Schimmer von dem hatte, was sie gesagt hatte. Sie wusste jetzt auch, dass der Kerl mit Sicherheit kein Wissenschaftsjournalist war. Was er genau hier wollte, außer ein paar Prospekte abzuschleppen, die er auch per Post hätte anfordern können, war ihr schleierhaft. Aber irgendwie war sie ihm nicht böse. Schließlich hatte er ja ein gutes Essen in zünftiger Umgebung bezahlt und ihr bisher einen angenehmen Abend bereitet. Irgendwie fand sie ihn süß.

„Also. Das ist doch ganz einfach: Vergangenheit, Gegenwart und Zukunft. Was vergangen ist, gibt es nicht – nicht mehr. Es ist weg. Niemand kann seine Hand ausstrecken und wieder in die Vergangenheit hineingreifen. Was zukünftig ist, gibt es nicht – noch nicht. Niemand kann seine Hand ausstrecken und etwas aus der Zukunft herausholen. Bleibt die Gegenwart, und die ist so dünn wie das leibnitzsche Zeitintervall: unendlich dünn.“

„Aber wir messen doch die Zeit. Wir haben doch Uhren.“

„Was messen wir denn? Was macht denn eine Uhr?"

„Sie zählt die Stunden, Minuten, Sekunden – alles."

„Eine Uhr ist ein bewegtes System, mit dem man andere Bewegungen vergleichen kann. In der Natur gibt es keine Sekunden. Es gab nur zwei ursprüngliche Bewegungen, die man zu Vergleichszwecken in kleinere Segmente unterteilt hat: den Tag aus der Drehbewegung der Erde um sich selbst und das Jahr aus der Umdrehung der Erde um die Sonne. Alles andere ist reine Ableitung."

„Aber wir sehen doch, dass etwas anders wird, dass man älter wird."

„Ja, wir sehen Veränderungen, und wenn wir eine Uhr zur Hand nehmen, dann vergleichen wir eine Veränderung mit einer anderen, nämlich mit dem Zählwerk der Uhr. Das ist alles."

Obwohl der Mann keinen Alkohol getrunken hatte – oder vielleicht gerade deswegen – dröhnte ihm der Schädel. Es gibt keine Zeit: nichts ist mehr da, und alles ist noch nicht da. Ihm fiel die Plakette an dem Haus hinter der St.-Marien-Kirche in Ueckermünde wieder ein: „Alle natürlichen Prozesse sind unumkehrbar." –

„He – nun machen Sie doch nicht so ein unglückliches Gesicht", weckte seine charmante Begleiterin ihn aus den Träumen. Er gab sich einen Ruck, sah ihre schlanken wohlgeformten Beine vom Barhocker baumeln, ihr Business Kostüm, das dezente Make-up, roch irgendeinen unaufdringlichen Schleier eines ihm unbekannten Parfums – und bestellte sich noch einen Espresso:

„Aber vielleicht ist es ein Trost für Sie", fuhr die Dame fort, „dass es Physiker gibt, die eine gegenteilige Position vertreten. Die meinen, Zeit wäre so eine Art Fluidum, durch das wir hindurch leben, wie als führe man in einem Auto durch Felder und Wiesen. Und weil wir uns bewegen, haben wir das Zeitgefühl. Und so sind alle Ereignisse für immer in diesem Raum-Zeit-Universum aufgehoben – egal ob vergangen, gegenwärtig oder zukünftig."

Ihm schwirrte der Kopf:

„Lasst uns von was anderem reden. Möchten Sie noch einen Drink?"

„Vielen Dank. Es ist ja schon spät. Ich bin sowieso gleich weg."

„Wie kommen Sie denn nach Hause?"

***

Es war ja schon fast 23:00 Uhr und dunkel. Hella Droste hatte geplant, die S-Bahn nach Bahrenfeld zu nehmen. Aber der Besucher hatte ihr plausibel gemacht, dass das um diese Nachtzeit nichts für einsame Frauen wäre. Außerdem: er hatte ja den ganzen Abend keinen Tropfen Alkohol getrunken. Und so nahm sie das Angebot an, sich von ihm die fünf Kilometer zu ihrer Wohnung fahren zu lassen. Sein Wagen befand sich in der Tiefgarage des Hotels.

Während der 15minütigen Fahrt witzelte ihr Fahrer noch einmal über die Zeitmaschine, aber gleichzeitig wurde sie den Gedanken nicht los, dass sie den Abend mit jemandem verbracht hatte, der von dem Metier, das er angab, keine Ahnung hatte. Was hatte der nun gewollt? Sie biss sich auf die Unterlippe vor Neugierde. Der hatte doch keine Kosten gescheut, war von Rostock hierher gekommen. Sie musste das herauskriegen, während sie noch unterwegs waren:

„Seien Sie ehrlich. Sie sind kein Physiker."

„Habe ich nie behauptet. Ich bin Journalist."

„Aber für welche Art Zeitschriften denn? Doch nicht für seriöse Fachjournale?"

„Wieso nicht? Wie kommen Sie darauf?"

„Na, weil Sie mich Dinge gefragt haben, die sie sich mit ein wenig Vorbildung eigentlich hätten selbst beantworten können."

„Zum Beispiel?"

„Ja, das mit der Zeit und so."

„Aber ich habe Ihnen doch gesagt, dass ich nur weitergegeben habe, was ein Anderer mir erzählt hat."

„OK. Und was wollen Sie nun für welche Illustrierte über DESY schreiben?"

„Weiß ich noch nicht. Mal sehen. Ich mach was daraus, und dann werde ich den Artikel schon verkaufen. Außerdem arbeite ich ja an diesem Buch. – Übrigens: kennen Sie Rostock?"

„Noch nie da gewesen."

Sie bogen jetzt in den Bornkampsweg ein. Das Navi deutete an, dass sie bald am Ziel sein würden.

„In Rostock gibt es nämlich einen Grund, warum das Thema Zeit so zentral für mich ist."

„Und das wäre?"

„Eine Uhr."

„Eine Uhr?"

„Ja. Die berühmte astronomische Uhr der St. Marienkirche. Das ist eine Uhr, die auf astronomischen Daten, also auf kosmische Zusammenhänge basiert. Diese Uhr ist im 15. Jahrhundert entstanden."

„Und warum ist diese Uhr so besonders?"

„Das hängt mit der Scheibe und der goldenen Zahl zusammen."

„Was ist das denn: die goldene Zahl?"

„Sehen Sie, jetzt, weiß ich mal etwas, das Sie nicht kennen." Er lachte. „Das zu erklären haben wir jetzt keine Zeit mehr."

Er hielt den Wagen vor ihrem Wohnblock an. Jetzt war ihre Neugier erst recht geweckt. Der Kerl war doch nicht so ganz unbeschrieben. Der kam nur nicht so richtig aus sich heraus. Gut. Er war nicht die Kategorie Chippendale, aber sie hatte doch einen ganz netten Abend mit ihm verbracht. Warum nicht? „Pass auf Dich auf", hatte Melle gesagt.

„Vielleicht doch. Es liegt ganz an Ihnen. Sie haben mich neugierig gemacht. Wenn ich jetzt aussteige, bleibt ein offener Fransen, der mich die ganze Nacht quälen würde. Warum kommen Sie nicht noch ein Weilchen mit rauf und erklären mir die goldene Zahl. Zu trinken habe ich oben – wenn es denn sein muss, auch Kaffee."

Der Mann blickte nach vorn durch die Windschutzscheibe. Zögerte.

„Oder haben Sie Angst?", neckte die junge Frau.

Pause und dann:

„Wo kann ich denn meinen Wagen abstellen?"

Sie zeigte ihm ein paar freie Parkplätze vor der Wohnanlage. Dann stiegen sie aus, gingen zum Haupteingang. Sie betätigte den Zahlen-Code an der Eingangstür, und ging hinein. Der Mann folgte ihr.

Intermezzo

Hauptkommissar Thorsten Klein stand am Fenster seines Büros und blinzelte an der Nachmittagssonne vorbei: herrlichstes Sommerwetter, die Rheinaue lag so nah auf dem anderen Ufer – und doch so fern: es war erst 14:00 Uhr, und der Tag noch lange nicht zu Ende. Wiewohl: wenn nichts Außergewöhnliches dazwischen kam, würde er auch heute wieder pünktlich Feierabend machen. Die Eisdiele in Mehlem an der Kirche gegenüber ihrer Wohnung lockte bereits. Er sah sich schon mit Frau und Kind vor einem Amarenabecher sitzen. Aber noch war es nicht so weit. Klein verließ sein Büro und ging in den Großraum. Unterwegs zapfte er den Kaffeespender an und nahm einen Plastikbecher voll mit.

Sven Kessenich hatte seinen Express jetzt zusammengefaltet. Der Morgen war ja schon lange vergangen. Stattdessen schien er im Netz zu surfen. Klein erhaschte noch flüchtig das FC-Logo rechts oben, bevor die Seite weggedrückt wurde:

„Na, ihr haltet Euch ja dieses Mal ganz gut im Mittelfeld. Ist der UEFA-Cup-Platz angepeilt?"

„Noch nicht. Wir sind bescheiden geworden. Wir freuen uns, wenn wir uns in der Liga im Mittelfeld festsetzen. Endlich aus dem ewigen Auf-Ab-Aufstieg-Jo-Jo raus."

„Naja, nach der Sommerpause werden wir weiter sehen."

Klein winkte Tanja Maurer zu, die weiter hinten saß. Die stand auf und folgte den beiden Männern in den nächsten kleinen Besprechungsraum. Als alle drei Platz genommen hatten, legte der Chef mit matter Stimme los:

„Wird nicht lange dauern. Es geht um den Fall Julia Theil. Der Alte hat sich Bericht erstatten lassen."

„Und?" wollte die Kommissarin wissen.

„Auf Eis."

„Wie auf Eis? Machen wir jetzt nichts mehr in der Sache?"

„So ganz nicht. Also, ich habe ihm gesagt, was wir an Hinweisen haben, aber da hat sich seit Monaten nichts geändert. Alle in Frage kommenden Personen sind sauber: Verena Gärtner, der Freund, das Personal im Studentenwohnheim der Prof – obwohl: da bin ich mir immer noch nicht so sicher, aber dem ist nichts anzuhängen; der ist wie ein Stück Seife. Die plausibelste Theorie geht ja von einem Unbekannten aus, der den Schlüssel aus Theils Handtasche entwendet hat. Sie kann ihn natürlich auch verloren haben. Aber das haben wir ja alles schon Hundert Mal hin und her gewälzt. Und wenn sie den Schlüssel verloren hatte, ist es noch schwieriger. Dann war sie ein Zufallsopfer."

Kessenich wandte mit ebenso matter Stimme ein:

„Verstehe immer noch nicht, was das sollte: da geht einer hin, der findet diese Schlüssel, geht da nachts rein und bringt die Frau so mir nichts dir nichts um – einfacher Schnitt durch den Hals. Entwendet nichts, vergewaltigt nicht. Einfach so. Muss schon eine besondere Art Krankheit sein. Es sei denn, da gibt es irgendeine dunkle Stelle in ihrer Vergangenheit, und der Täter hat eine alte Rechnung beglichen."

„So alt konnte die Rechnung nicht sein. Die Frau war Mitte zwanzig."

„Vielleicht Eifersucht durch Zurückweisung. Das kommt häufig vor."

„Ja, da gab es einen Fall mit dem Iraner, aber dem konnten wir nichts nachweisen. Außerdem: keine Spuren, keine Abdrücke. Das war kein Affekt, das war durchdacht."

Tanja Maurer meldete sich:

„Was hat der Alte gesagt?"

„Ball flach halten."

„Was heißt das?"

„Keine pro-aktiven Ermittlungen mehr. Wir gehen nur noch neuen Hinweisen nach, wenn denn noch welche eintreffen. Der Fall ist ungelöst, noch nicht tot, aber wird nur noch im kleinen Gang bearbeitet. Das ist die Lage."

Betretenes Schweigen.

„Wenn das der Generalanzeiger spitz kriegt", schloss Kommissar Kessenich, „dann sind wir wieder reif für Presse-Erklärungen. Ich mag nicht an die Kommentare denken."

***

Etwa zur gleichen Zeit versammelte Hauptkommissar Wolter seine Getreuen im Besprechungsraum an der Liepgartener Strasse: Falko Naumann, Nicole Reuter und Stefan Kirn. Prominent in der Mitte der Pinwand prangte das Fahndungs-Phantombild des mutmaßlichen Täters.

Pfeile wiesen davon auf Örtlichkeiten, einem Foto vom Opfer und Zeugen. Wie war der Stand jetzt nach fast einem Vierteljahr? Nicole Reuter begann ein wenig zögerlich:

„Also, das Phantombild hatten wir an mehr als fünfzig Tankstellen verteilt – Autobahn bis Rostock und in allen wichtigen Städten. Wir haben über dreißig Hinweise aus der Bevölkerung erhalten, alle – bis auf einen neuen – Fehlanzeige. Abgesehen davon hatten den Mann vorher nur zwei Personen identifiziert, wie Ihr wisst: die Nichte des Opfers und die Empfangsdame aus dem Hotel am Markt. Aber ein möglicherweise brauchbarer Hinweis kam letzten Dienstag tatsächlich aus Rostock."

„Ich dachte, der Typ wäre in Rostock unbekannt", warf Wolter ein.

„Ja, zumindest an der angegebenen Adresse: Bahnhofstrasse, und als Peer Stehnke. Aber wahrscheinlich war der nach der Tat tatsächlich auch in Rostock gewesen."

„Also – was sagt die Quelle?"

„Ein Restaurant, ein Italiener in der Altstadt. Einer von den Bediensteten, ein Kellner, 55 Jahre alt, italienischer Staatsbürger, der seit fünfzehn Jahren in Deutschland und seit über zehn Jahren in Rostock lebt.“

„Was berichtet der?“

„Der hat angerufen, und ich habe das protokolliert. Das Restaurant heißt La Fontana. Der Zeuge hat das Fahndungsplakat an einer Tankstelle in Rostock gesehen und daraufhin hier angerufen. Er glaubt, den Mann zu der fraglichen Zeit erkannt zu haben.“

„Mann, das ist aber eine gewaltige Zeit her“, bemerkte Stefan Kirn. „Dass der sich daran noch erinnert. Und warum ruft der erst jetzt an?“

„Weil er das Plakat erst jetzt gesehen hat, sagt er.“

„Aber der Verdächtige sieht aus wie ein Allerweltstyp, wie kann man den im Gedächtnis behalten, bei dem Publikumsverkehr in der Altstadt und den ganzen Touris und so?“

„Offensichtlich hat er aber."

„Gab es etwas Besonderes, etwas Auffälliges?"

„Nach Aussage des Zeugen machte der Mann einen erschöpften Eindruck, war nervös. Und er trug diesen McKinley-Anorak, den die Chinesin beschrieben hatte. Der ist ja auch auf dem Plakat erwähnt. Der Italiener erinnert sich deshalb daran, weil der Mann den Anorak nicht an der Garderobe aufgehängt hatte, sondern hinten über seine Stuhllehne. Der ist dann währen des Essens einmal auf den Boden gefallen, und der Kellner hatte ihn wieder aufgehoben. Aber der Typ hatte nicht einmal Danke gesagt."

„Hat er etwas gesagt, von wo der Mann kam, oder wo er hinwollte?" wollte Wolter wissen.

„Nur, dass er gesehen hat, wie der Verdächtige Richtung Marienkirche ging, als er das Lokal verlassen hatte."

„Wenn das unser Mörder war, dann war das ja wohl die falsche Richtung."

Wolter wischte sich den Schweiß von seinem leicht geröteten Kopf. Draußen herrschte eine Bullenhitze, und seit Tagen regte sich keine Brise. Er scharrte ungeduldig mit dem rechten Fuß auf dem Linoleumfußboden unter seinem Stuhl.

„OK. Du und Stefan, Ihr fahrt raus und nehmt Euch den Zeugen zur Brust. Klärt das bitte mit den Kollegen vor Ort ab. – Was gibt es sonst noch Neues von der Front?"

„Still ruht der See", antwortete Nicole Reuter.

**

Und still ruhte auch der See in Fred Unkels Wohnzimmer an diesem trüben regnerischen Julimorgen. Das Laptop auf dem Couchtisch war aufgeklappt und die EXCEL-Datei geöffnet. Er hatte ein Update durchgeführt, und folgende Einträge waren jetzt zu lesen:

13. 04. Havanna	*Hinweis Greifswald*
28.04.Greifswald	*Geheimprojekt*
30.04.Rostock	*goldene Zahl*
27. 05.DESY	*Leibnitz-Zeit*

Und dann überlegte er kurz und tat etwas, das er sich bisher noch nicht zur Regel gemacht hatte. Er trug schon die nächsten Termine mit den Folgezielen ein:

August GSI	*?*	*gepl.*
September CERN	*?*	*gepl.*

Dann überlegte er wieder, und er musste an seinen letzten Besuch auf dem Drachenfels denken. Der Blick in die Weite. Ganz hinten nach Westen zu an der Grenze von Wachtberg: die Radarkugel des Fraunhofer-Instituts. – Er sicherte die Datei und fuhr den Rechner herunter. Dann erhob er sich mit einem lauten Seufzer vom Sofa, reckte sich und machte sich ausgehfertig. Es war zwar jetzt Sommer, aber zu kühl für die Jahreszeit und doch zu warm für den Outdoor-Anorak. Er entschied sich für den klassischen Popelinmantel. Der Regenschirm würde im Kofferraum sein.

Er fuhr aus Siegburg heraus und dann auf die A560 bis er auf die Flughafenautobahn, die A59, kam. Aber er nahm die Richtung Königswinter. Am Dreieck Bonn-Nordost ging es auf der A565 weiter bis zur Ausfahrt Merl und dann durch den Kottenforst auf der Landstraße bis zum Abzweig nach Berkum auf der Höhe von Villip. Von da über den Kreisel beim Einkaufszentrum, über die nächste Ampel, und zweihundert Meter weiter befand er sich vor dem Tor des Fraunhofer-Instituts, früher FGAN. Gegenüber führte eine kleine Straße zu einem Waldparkplatz, der zum Sportgelände des SV Wachtberg gehört. Dort stellte Fred Unkel seinen Wagen ab. Den Schirm brauchte er jetzt nicht mehr. Hier regnete es nicht. Er verriegelte den Wagen und ging zu Fuß die kleine Strasse wieder hinauf, überquerte die Landstrasse und meldete sich beim

Pförtnerhäuschen. Drinnen befanden sich drei Personen: zwei Männer hinter einer Theke und eine Frau mittleren Alters in Jeans und grauem Sweatshirt, die davor lehnte.

„Guten Tag. Mein Name ist Konrad, Jürgen Konrad. Haben Sie vielleicht in ihrem Hause eine Pressestelle oder ein Büro für Öffentlichkeitsarbeit?"

Der etwas behäbige jüngere Mann – Unkel schätzte ihn auf dreißig – fühlte sich angesprochen – auch weil der Besucher ihn bei seiner Vorstellung angesehen hatte:

„Wir haben hier Leute, die für die Öffentlichkeitsarbeit verantwortlich sind. Zu wem möchten Sie denn?"

„Ich habe noch keinen Termin, aber vielleicht könnten Sie ja jemanden anrufen, der mich hier abholt."

„Sie haben keinen Termin?" meldete sich jetzt der etwas Ältere, etwa vierzigjährig und ziemlich mager.

„Nein. Bis jetzt noch nicht."

„Sind Sie von der Bundeswehr?"

„Nein, nein. Ich bin Journalist und benötige einige Informationen …."

„Tut uns leid, aber ohne vorherige Terminabsprache mit einer bestimmten Person kommt hier keiner rein. Den Termin müssen Sie schon vorher absprechen. Kennen Sie denn niemanden hier?"

„Nein, leider nicht."

„Wissen Sie: dies hier ist militärischer Sperrbezirk. Aber sie können ja versuchen, bei einer Führung mitzumachen. Hier finden regelmäßig Führungen statt. Gelegentlich kommen die auch von der Volkshochschule."

„Danke."

Der Besucher wandte sich abrupt um, verließ das Pförtnerbüro und überquerte die Landstrasse, nachdem er zwei Autos vorbeigelassen hatte.

„Der hat Nerven", bemerkte die Frau vor dem Tresen und nahm sich die Tageszeitung, die der jüngere Kollege dort für sie hingelegt hatte.

***

Das war ja wohl ein Fehlschlag gewesen –
diese spontane Entscheidung, einfach so die
Radarkugel in Werthofen aufzusuchen. Das hätte er
sich denken können, dass die Militärs da niemanden
rein ließen. Was da wohl hinter dem hohen Zaun
alles ausgetüftelt wird? Wer weiß?

Fred Unkel hatte sich einen Schreibblock,
einen Kugelschreiber und eine Rechenmaschine aus
seinem verwaisten Büro geholt und neben seinem
zusammen geklappten Laptop gelegt. Seit er wieder
draußen war – und das waren ja jetzt schon etliche
Monate – nutzte er das Büro nicht mehr. Sein
Lebensmittelpunkt war mehr und mehr das
Wohnzimmer geworden: dort sah er fern, aß und
trank er, surfte lustlos im Netz und schlief auch
meistens auf der Couch. Dementsprechend sah es
dort auch aus. Aufräumen war nicht mehr seine
Stärke, obwohl er früher pingelig gewesen war.

Seine Schwester kam auch nicht mehr vorbei. Sie hatte einige Male aufgeräumt, sich dann aber über seine ständigen Rückfälle geärgert und war seitdem fortgeblieben. Fred Unkel verkam zum Messie.

Auf Nachricht von Stefan Marks wartete er schon lange nicht mehr, und dieser Nico Ernst – wenn er denn existierte – gab kein Lebenszeichen mehr von sich – wenn er das überhaupt vor seiner Haustür, in Uelzen oder Ueckermünde gewesen war.

Unkel kritzelte ein paar Zahlen auf seinen Block. Er wollte berechnen, wie oft die Welt von vorne beginnen müsste, damit er die eine Minute gewinnen würde, seine Affektentscheidung zurücknehmen zu können, durch die er seinerzeit seine Frau umgebracht hatte ….

Wieder stiegen die alten Bilder in seinem Inneren herauf – obwohl, eigentlich hatte er schon lange auf diese Visionen verzichtet, hatte sie irgendwie anders kompensiert. Aber jetzt kehrten sie auf einmal wieder zurück. mit aller Macht:

Camparis auf der Terrasse, im Haus Wodka und Bier. Jede Menge. Dann ging das Nörgeln los. Vor seinen Augen verschwamm die ganze Welt zu einem roten Meer von Blut und gellendem Gekreische. Sein Leben löste sich auf. Das andere wurde systematisch vernichtet – mit jedem hämmernden Faustschlag. Mit jedem wahnsinnigen Schädelstoß gegen das Kaminsims, mit jedem unaufhaltsamen Hieb des Schürhakens ins Gesicht. –

Er stand auf, schlich in seinem ausgebeulten, fleckigen Jogging-Anzug zum Kühlschrank und holte die letzte Dose Frühkölsch hervor, die er auf dem Weg zum Tisch aufriss. Eine Minute musste er gewinnen, dass sollte reichen. Diese Berechnungen: wie sollte er das anstellen. Das waren komplizierte Gleichungen, für die man jahrelang studieren musste. Eine Minute. Das Licht, die Ungenauigkeit, der schnelle Schalter. Da ging es doch um Bruchteile von Sekunden, um unvorstellbar kleine Abweichungen. Das Licht war ja so schnell. Wie oft musste die Welt untergehen? Zehnmal? Hundertmal? Tausendmal? Oder noch öfter? Und wie wäre garantiert, dass er sich bei jedem neuen Mal dann auch anders verhalten würde? Wie konnte er das Wissen mit hinüber nehmen, bis er beim nächsten Mal geboren würde? Das war doch blanker Unsinn. Mit einem Mal sah er sehr klar, dass er sich auf etwas völlig Verrücktes eingelassen hatte, dass dieser Marks ihn zum Narren gehalten hatte. Das Ganze war ein Schwindel.

Er trank von seinem Bier. Er dachte an seine Pläne: dass er einen Zeitschriftenkiosk aufmachen wollte. Und das wurde auch Zeit. Hier verkam er. Und seine Ersparnisse waren ja auch endlich. Und sein Bewährungshelfer, Raimund Nickel, mit dem er einmal im Monat sprach, hatte ihm auch geraten, etwas Neues aufzubauen. Erschöpft schlief er ein. Bevor er hinüber glitt, nahm er sich noch vor, später neues Bier zu holen – und eine Currywurst mit Pommes.

***

Gegen 17:00 Uhr wurde er wieder wach. Es dauerte einen Moment, bevor er sich seiner aktuellen Geisteslage bewusst wurde. Er schlug die Augen auf und starrte zwei Minuten lang gegen die Wohnzimmerdecke. Was er dort entdeckte, erschreckte ihn: Spinnweben, die von der Gardinenstange am großen Fenster sanft hinunterschwebten bis oben an den Bilderrahmen des Gemäldes von der Seeschlacht bei Trafalgar. Mit einem Ruck sprang er vom Sofa, das solange seine liebste Heimstatt gewesen war. Er rannte förmlich unter die Dusche.

Nachher rasierte er sich sorgfältig, säuberte sich die Fingernägel und zog frische Wäsche und ein sauberes Oberhemd an: ja, in den Schrankregalen war es fast leer geworden, dafür aber quoll die Truhe mit der Schmutzwäsche über. Er schlüpfte in eine andere Jeans, griff sich aus dem Wandschrank zwei große graue Beistellplastikmülltüten. Damit marschierte er ins Wohnzimmer zurück. Mit hastigen Bewegungen füllte er die Beutel: leere Bierdosen, Pizzaverpackungen, Zigarettenkippen und -schachteln, Essensreste. Das ging schnell. Das Gleiche in der Küche, im Schlafzimmer war nur wenig zu finden. Da hatte er sich ja kaum aufgehalten.

Als nächstes kam der Geschirrspüler dran. Mindestens zwei Ladungen waren fällig. Während die erste lief, schnappte Fred Unkel sich die Schmutzwäsche und trug sie in den Keller. Er nahm gleich seine Lesebrille mit für die Gebrauchsanleitung, da er die Waschmaschine schon lange nicht mehr bedient hatte. Als auch dort die erste Ladung lief, ging es ans Putzen. Zuerst der Staubsauger. Die gesamte Wohnung war fällig. Dann mit feuchten Geschirrtüchern über Tischplatten, dem Elektroherd, der Anrichte. Um kurz vor 20:00 Uhr war er mit dem Gröbsten fertig. Auch die Spinnweben hatte er entfernt.

Er verließ das Haus und ging zu Fuß in die Stadt hinunter, beim Griechen etwas Gutes zu essen. Er hatte Hunger auf Souflaki mit einem Glas Retsina.

Um 22:00 kam er heim. Er griff zum Telefon und rief seine Schwester an. Sie war zuhause und noch wach. Er lud sie für Übermorgen ein. Morgen würde er zum Friseur gehen.

***

Anfang August. 30° C im Schatten. Fred Unkel saß auf seiner Terrasse, blickte in den blühenden Blumengarten, den ein freundlicher Gärtner mühselig aus dem Gestrüpp, der er noch vor vier Wochen gewesen war, hervorgezaubert hatte. Fred war geschützt durch einen großen, weißen Sonnenschirm, dessen massiver Ständer zwischen den Terrassenplatten fest verankert war, im Schatten, seine Füße in einem Eimer mit kaltem Wasser. Er saß auf weichen Polstern in einem verstellbaren Gartenstuhl, die Lehne leicht nach hinten geneigt. Neben ihm auf einem kleinen Beistelltischchen ein Glas Campari mit Soda und ein dickes Buch.

Der Mann hatte in der Nachmittagshitze ein wenig gedöst und über seine Bemühungen nachgedacht, ein geeignetes und erschwingliches Ladenlokal für seinen Schreibwarenladen zu finden. Gestern war er auf der anderen Rheinseite gewesen, in Mehlem, dem südlichsten Ausläufer von Bonn-Bad Godesberg. Dort gab es eine Menge Leerstand. Ihn hatte der ehemalige Buch- und Schreibwarenladen von Lohrenscheidt – direkt neben der italienischen Eisdiele gegenüber der katholischen Pfarrkirche – interessiert. Aber zum einen war ihm der Mietpreis zu hoch gewesen, zum anderen gab es schräg gegenüber neben der Immobilienagentur bereits einen Kiosk, der neben Tabakwaren auch noch Zeitschriften Schulhefte und Postkarten verkaufte. Das war nichts.

Er nahm einen kleinen Schluck aus dem Campariglas, in dem die Eiswürfel fast schon geschmolzen waren. Aber, keine Sorge – neben dem Glas stand ein kleines Thermogefäß, dem er mit einer Zange zwei weitere knackige Eisklümpchen entnahm und in das Glas fallen ließ. So konnte man leben. Dann griff er zum Buch.

Thomas Mann: Der Zauberberg. Ein Wälzer von 750 Seiten in kleiner Schrift. Alles sehr detailliert und sorgfältig ausgeführt. Der Nobelpreisträger hatte sicherlich in einer Zeit gelebt, in der noch Entschleunigung kein Thema gewesen war – sie war damals normaler Teil des täglichen Lebens gewesen. Wenn nur der I. Weltkrieg nicht gewesen wäre.

Irgendetwas beunruhigte ihn an diesem Buch, nachdem er ein Drittel hinter sich gebracht hatte. Irgendetwas, dass er gerne wieder verscheuchen würde, aber es nagte hartnäckig in seinem Inneren weiter. Er las, und dabei kam es wieder. Er wusste, um was es ging. Das Buch hatte, ohne, dass er es vorher gewusst hätte, ein Grundmotiv: es spielte immer wieder auf die Zeit an. Der Schriftsteller setzte sich mit seinem eigenen Zeitverständnis, mit seinen persönlichen Fragen, die er an das Medium Zeit hatte, auseinander. Und das beunruhigte unseren Mann – weil es an der noch sehr dünnen Hülle kratzte, die er sich seit einigen Wochen durch sein neues, regelmäßiges Leben übergezogen hatte.

Der Roman handelt ja vom Leben eines jungen Mannes in einem Schweizer Sanatorium, von den unendlichen Regelmäßigkeiten innerhalb eines langen Aufenthaltes. Zeit wird zu etwas Mystischem. Der Versuch der Verzauberung ins Zeitlose. Und dann diese Passage über den Lauf unseres Heimatplaneten, der unsere Zeitmaße ja gar nicht kennt. Sollte jemand Außerirdischer mit einem starken Teleskop die Erde von Ferne betrachten, so würde er an einem Punkt der Umlaufbahn – und zwar in steter Regelmäßig am selben Punkt – beobachten, dass die Gesamtheit der intelligenten

Lebewesen dort plötzlich ohne physikalisch ersichtlichem Grunde jedes Mal gewaltige Feuerwerke unter allgemeinem Glockengeläut abbrennen würde. Danach war wieder alles still, bis zum nächsten Jahreswechsel usw.

Er legte das Buch zur Seite. Weiter als bis zur Seite 257 würde er nicht kommen. Er ließ die Rückenlehne noch etwas hinunter und legte sich auf die Seite, um noch etwas zu schlafen. Der Schlaf wollte nicht kommen. Ihm fiel die goldene Zahl wieder ein. Und ein Artikel, den er in einem Feuilleton gelesen hatte: Licht und Zeit. Licht steuerte die innere Uhr des Menschen, jedes Lebewesens. Des Morgens, wenn man aufwachte, und die Augen aufschlug, trafen Lichtstrahlen auf eine spezielle Art von Sehnerven auf die Netzhaut. Diese Nerven leiteten ihre Signale weiter an eine Region im Gehirn, in der dann wie an jedem Morgen eine Synchronisation der Körper eigenen Uhr mit der Lichtuhr draußen stattfand. Und jedes Organ im Körper besaß so einen Chronometer, der über dieses

Uhrwerk im Gehirn upgedatet wurde, jeden Tag aufs Neue.

Fred Unkel konnte nicht schlafen, fand keine Ruhe, setzte sich wieder auf. Stand aus dem Liegestuhl auf und wanderte zur Hollywood-Schaukel. Setzte sich dort rein. Fragen über Fragen: in welchem Zyklus der Weltwiederholung befand er sich jetzt? Vielleicht hatte er ja schon einige Sekunden gewonnen. Vielleicht hatte er das verdammte Ding ja doch gefunden und auf den Knopf gedrückt, den Welt-Reset-Knopf. Vielleicht lief ja alles schon nach Plan. Und den Trick, wie man die Information von einem Weltzyklus auf den nächsten weiter geben könnte, hatte er auch schon raus. Ganz einfach: an dem Ort, wo er das Gerät finden würde, und bevor er den Mechanismus auslösen würde, müsste er nur an einer geeigneten Stelle eine Markierung anbringen, vielleicht eine Kerbe in einer Holztür oder so. Beim nächsten Weltzyklus, wenn er dann wieder an dieser Stelle ankommen würde, wäre dieses Zeichen ja da, und er brauchte nur den nächsten Strich zu machen usw.

Fred Unkel erhob sich träge aus der Schaukel, streckte sich und ging ins Haus – ins sauber aufgeräumte Büro. Neben dem antiken Schreibtisch stand eine schmale Tasche. Er öffnete den Reißverschluss und zog das Laptop aus seiner Hülle hervor, stellte es auf den Tisch, setzte sich in den Bürosessel dahinter, klappte es auf und fuhr es hoch. Nach drei vollen Minuten konnte er einloggen. Er suchte nach einer ganz bestimmten EXCEL-Datei. Als er sie gefunden hatte, glitt sein Blick auf die fünfte Zeile. Da stand:

August GSI   *?*   *gepl.*

Begegnungen in Darmstadt

Dr. Gerd Schmeling hatte es endlich wieder geschafft, sich vom Universitätsbetrieb frei zu schaufeln. Auch während der jetzigen Semesterferien war das nicht ganz einfach gewesen. Die Studentenlabors gingen auch jetzt weiter, aber der Vorlesungsbetrieb war zum Halten gekommen. So hatte er sich auf die Reise nach Darmstadt gefreut. Er war früh von Bonn aufgebrochen bei strahlendem Sonnenschein und hatte bereits am Beginn des Nachmittags im Welcome Hotel am Karolinenplatz eingecheckt. Dann hatte er sich die Beine in der Darmstädter Altstadt vertreten. Am Spätnachmittag zogen einige Ambosswolken auf, die sich zu einem Gewitter für den Abend verdichteten. Gegen 18:30 Uhr betrat Dr. Schmeling das Hotelrestaurant.

Er bestellte das Büffet und ein Viertel Trollinger. Dann holte er sich sein Essen: vorweg Roastbeef-Röllchen und geräucherten Schinken, zum Hauptgang Kartoffelgratin mit Broccoli und Schweinegeschnetzeltes. Er ging auch noch einmal zur Käseplatte. Und wollte auf die weiße und braune Mousse zum Nachtisch auch nicht verzichten. Schließlich war er als Junggeselle und Forscher oft genug zu unregelmäßigen Zeiten von ungesunden Snacks abhängig, sodass er sich dieses Mal etwas Gutes in aller Ruhe gönnen durfte. Nicht, dass die Uni das bezahlte. Es gab den gesetzlichen Spesensatz und die Kilometergeldvergütung. Das war alles.

Das Lokal war nur etwa halb gefüllt, und alle schienen Geschäftsleute zu sein – und hauptsächlich Männer – Durchschnittsalter etwa 40. Schmeling trat seinen letzten Gang in diesem Restaurant für diesen

Abend an und glitt behänden Schritts zu den Tischen mit den Puddings, der Mousse, der roten Grütze. Da stand schon einer mit dem Rücken zu ihm und lud sich auf. Schmeling rückte eng auf, als der Andere sich gleichzeitig umdrehte, und schon stießen sie aneinander – Schulter links mit Schulter rechts.

„Oh pardon", entrutschte es Schmeling mit einem breiten Grinsen, und er sah dem Unbekannten ins Gesicht. Der machte böse Miene zu gutem Spiel und blickte ihn irritiert an. Dann eilte der hastig zu einem der hinteren Tische und geriet aus dem Blickfeld des Hochschullehrers. Der stutze einen Moment und schüttelte den Kopf. Komisch, kanntest Du den nicht? Den hast Du doch schon mal gesehen. Er griff sich einen vorgefüllten Becher mit der Mousse-Mischung und ging langsam zu seinem Tisch zurück. Dabei suchten seine Augen verstohlen nach dem Mann vom Nachtischbüffet. Dahinten saß er und löffelte hastig in sich hinein, was er in der Schale hatte. Noch bevor Gerd Schmeling seinen Platz erreicht hatte, war der Fremde schon aufgestanden und bewegte sich auf das Kontor mit der Kasse zu.

Der angehende Professor genoss sein Dessert. Dabei dachte er nach, um herauszufinden, wo er dem Menschen von vorhin schon einmal begegnet war. Der mochte etwa vierzig Jahre alt sein mit Haaren, die sich oben auf dem Kopf schon zu lichten begonnen hatten. Ein Kollege konnte es nicht sein. Der hier machte nicht unbedingt einen akademischen Eindruck. Dazu war er zu konservativ gekleidet: braune, weite Cordhose und ein teures Oberhemd mit dezenten rot-grünen Längsstreifen. Außerdem, wenn es ein Kollege gewesen wäre: der hätte ihn sicherlich erkannt. Es war unwahrscheinlich, dass zwei Akademiker, die sich kannten und begegneten, gleichzeitig dieselbe Gedächtnislücke hätten. Er grübelte weiter. Dem Doktor würde es gleich einfallen. Er hatte es sozusagen vor sich – das Bild: eine Zeitung, ein Café, ein Chef-Sandwich. Es kam nicht. Er winkte dem Kellner:

„Können Sie das hier aufs Zimmer nehmen? Danke."

***

Das GSI Helmholtzzentrum für Schwerionenforschung in Darmstadt betreibt Teilchenbeschleunigeranlagen, die weltweit führend sind. Mehr als tausend Mitarbeiter sind dort beschäftigt. Zusätzlich wird der Komplex jährlich von weiteren tausend Forschern aus vierhundert anderen Instituten aus aller Welt besucht, die dort in Kooperation ihre Experimente durchführen. Wie der Name der Einrichtung schon besagt, wird dort Forschung mit schweren Ionen, also positiv geladenen Atomkernen von z. B. Blei oder Gold, betrieben. Dazu bedient man sich solch hochkomplizierter Werkzeuge wie Linearbeschleunigern, Speicherringen, Hochenergie-Lasern, diversen Ionenquellen und großen Detektor- und Spektrometer-Systemen.

Das gesamte Forschungsprogramm deckte ein breite Palette von Interessenfeldern ab: von der Erforschung des Aufbaus, Ursprungs und Zusammenhalts der Materie über Atome, Atomkerne bis zu den Quarks, den Grundbausteinen, aber auch medizinische Bestrahlung von Krebstumoren im Gehirn, die anders nicht zugänglich sind. Bahnbrechende Erfolge erzielt das Institut seit vielen Jahren durch die Erzeugung von exotischen überschweren Elementen, die in der Natur nicht vorkommen, z. B. die Transurane mit den Ordnungszahlen 107 bis 112. In der Natur hört das Periodensystem beim Uran mit der Ordnungszahl 92 auf. Durch die Erforschung der Eigenschaften solcher Elemente erhofft man sich Einblick in die Vorgänge bei der Explosion von Sternen, und damit Aufschluss über das Entstehen von Elementen.

Dorthin nun lenkte Fred Unkel seine Schritte – wieder einmal ins Reich des Kleinsten auf seinem Weg zur Rückholung der Zeit.

***

Am Tag nach dem Gewitter hatte es merklich
abgekühlt. Eva Sterzinski fröstelte beim Eintritt in
ihr kleines Büro, das ihr als Pressereferentin bei der
GSI zustand. Sie legte ihre Handtasche auf dem
schmalen Regal neben dem Fenster ab, durch das sie
auf den regennassen Parkplatz vor dem
Haupteingang blickte, zog ihre Strickjacke enger
und ging erst einmal auf den Flur hinaus, um sich
Kaffee aus der kleinen Küche zu holen. Da sie die
erste auf der Etage war, ging sie davon aus, dass sie
es sein würde, die die Kaffeemaschine anschmeißen
müsste. Und so war es auch. Sogar der Filter von
gestern war noch voll.

Frau Sterzinski war 48 Jahre alt, etwas füllig,
in halblangem beigefarbenem Jeansrock gekleidet
mit einer weißen Bluse, über die sie heute wegen der
Wetterabkühlung ihre rote Strickjacke trug. Ihre
Haare waren glatt und hinten zu einem
Pferdeschwanz gebunden. Während sie den

Durchlauf des Kaffees beobachtete, kam ihre Kollegin Franziska Nehring, die für den Web-Auftritt zuständig war, an der Küche vorbei, blieb stehen und sagte erst einmal gut gelaunt:

„Guten Morgen!"

„Ja, auch so. Alles klar?"

„Ja und bei Dir?"

„Soweit. Komme heute zu nichts. Gleich kommen zwei Besucher – nacheinander."

„Ach du je! Dann man viel Spaß."

„Das Tollste ist, der eine, der gleich kommt, wollte mich doch glatt zum Abendessen einladen. Wo gibt´s denn so was? Ein fremder Typ, den ich nicht kenne. Und dann gleich ausgehen. Hab ihm gesagt, er kriegt die Info nur hier in meinem Büro."

„Was will der denn?"

Mittlerweile hatten sich die beiden ihren Kaffee eingegossen und trugen ihre Becher auf den Flur hinaus. Nehrings Büro lag genau gegenüber dem Sterzinkskis.

„Ist son frei schaffender Journalist, der etwas über den Bau unserer neuen Anlage FAIR wissen will. Der kommt in ner Viertelstunde."

„Und der Andere?"

„Der kommt aus Bonn. Vom Physikalischen Institut. Dr. Schmeling. Der schreibt ein Buch. Kommt gleich im Anschluss. Danach hab ich Ruhe."

In dem Moment rief die Pforte an.

***

Eva Sterzinski kam hurtigen Schrittes die kurze Strecke zur Pforte hinuntergelaufen, hielt sich wegen der morgendlichen Frische die Strickjacke vor der Brust zusammen und betrat den kleinen Empfangsraum. Hinter der Theke saßen zwei Pförtner in Zivil, vorne am Fenster las eine Kollegin einen Flyer, den sie aus dem Schriftenständer dort genommen hatte, und vor der Theke stand ein etwa vierzigjähriger Mann, bekleidet mit einer braunen, weiten Cordhose und einem schwarzen Blazer, unter dem er ein teures Oberhemd mit dezenten rot-grünen Längsstreifen trug. Der Mann schien etwas aufgeregt, als einer der Pförtner Frau Sterzinski an ihm vorbei ansprach:

„Tag, Frau Sterzinski. Das ist der Besucher. Wie ich schon sagte: er kann sich nicht ausweisen."

„Tag. Guten Tag. Sind Sie Herr Seifert aus Warnemünde?"

Der Mann in der Cordhose wandte sich der Dame zu:

„Ja, der bin ich. Mir ist etwas Peinliches passiert. Mir ist im Hotel meine Brieftasche gestohlen worden mit allen Papieren, Führerschein, Kreditkarten, alles. Ich habe meine Karten schon sperren lassen."

„Haben Sie schon die Polizei verständigt? Das ist ja dumm. Und Sie sind trotzdem noch gekommen."

„Nein. Bei der Polizei war ich noch nicht. Wird gleich im Anschluss erledigt. Ich wollte doch unseren Termin nicht platzen lassen. Das ist mir zu wichtig. Und jetzt komme ich noch nicht einmal rein."

Die Frau wandte sich jetzt wieder dem Pförtner zu:

„Ich nehm das auf meine Kappe. Wir werden keine Besichtigungen machen. Nur eine Besprechung in meinem Büro. Der Herr ist angemeldet."

„Geht in Ordnung. Hat sich schon eingetragen. Hier ist der Besucherausweis."

„Vielen Dank, dass das doch noch klappt."

„Kommen Sie. Es ist nicht weit."

Sie verließen das Pförtnerhaus.

„Kalt ist es heute Morgen, bei Ihnen an der Ostsee sicher auch. – das mit der Brieftasche und den Papieren ist ja zu dumm. Die ganze Lauferei. Ich habe eine Freundin, der haben sie mal im Bahnhof die ganze Handtasche geklaut, alles war weg. Genau wie bei Ihnen. Hier sind wir."

***

Sie sprachen über dieses und jenes, hauptsächlich aber über diejenigen Informationen, die der Mann ohnehin schon über den Web-Auftritt der GSI hätte erfahren können. Besichtigungen von Experimentieranlagen waren wegen der fehlenden Ausweispapiere nicht drin. So blieb also weiter nichts als ein Plausch über einer Tasse Kaffee und die Übergabe von Hochglanzbroschüren.

„Frau Sterzinski: erzählen Sie mir etwas über FAIR, bitte."

„FAIR ist eine Abkürzung für „Facility for Antiproton and Ion Research", ein Projekt, eine internationale Beschleunigeranlage, an dem insgesamt neun Staaten – nämlich Deutschland, Finnland, Frankreich, Indien, Polen, Russland, Rumänien, Slowenien, Schweden – beteiligt sind. Alles ist noch in Planung. Auch hier soll es wieder um den Aufbau der Materie und die Entstehung des Universums gehen. In diese Anlage werden unsere bereits bestehenden Systeme als Vorbeschleunigerstrecke integriert.

Die wichtigste Komponente ist der Doppelspeicherring mit einem Umfang von eintausendeinhundert Metern, der in siebzehn Meter Tiefe liegt. Dann gibt es noch fünf weitere Ringe und Beschleuniger. Die finden Sie alle auch auf der FAIR-Webseite."

„Das hört sich ja mächtig interessant an. Vielen Dank für den Hinweis."

Es gab noch eine weitere Tasse Kaffee und einige Plätzchen. Schließlich kam der Journalist / Autor auf ein eher abwegiges Thema zu sprechen:

„Ich habe im Rahmen meiner Recherchen schon mit einigen Wissenschaftlern gesprochen. Und wir kamen immer auf das Thema Zeit zu sprechen – Zeit als etwas Mystisches, etwas, dass man eigentlich nicht greifen kann. Suchen die Menschen auch an diesem Ort, die Zeit in den Griff zu kriegen?"

„Gewissermaßen: ja. Sehen Sie: alles, was mit der Welt der kleinsten Teilchen zu tun hat, hat auch immer etwas mit der Zeit, ihrer Richtung, ihrer Einteilung zu tun. Es gibt in der Quantenphysik immer ein vorher und nachher – wie überall im Leben. Ausgangslagen und Endzustände. Die Ausgangslagen sind vielschichtig, der Endzustand ist das, was wir messen. Und dann gibt es Regeln, die beides verbinden. Aber wir wollen hier doch kein Pro-Seminar darüber halten.“

„Nein, durchaus nicht. Ich weiß, Ihre Zeit ist kostbar. Aber vielleicht nur noch eine letzte Frage: was meinen Sie mit der vielschichtigen Ausgangslage?“

Eva Sterzinski seufzte leicht:

„Kennen Sie die Geschichte von Schrödingers Katze?“

„Nie gehört.“

„Also – ganz kurz:

Das ist der berühmte Gedankenversuch, den sich der österreichische Physiker Erwin Schrödinger ausdachte. Angenommen, in einem abgeschlossenen Behälter sei eine Katze, ein Hammer, eine mit Gift gefüllte Phiole sowie eine kleine Menge einer radioaktiven Substanz. Sobald ein radioaktives Atom zerfällt, löst es einen Mechanismus aus, durch den der Hammer den Glasbehälter mit Gift zerschlägt. Daraufhin stirbt die Katze durch Einatmen des Giftes. Man weiß aber erst, ob die Katze tot ist, oder ob sie noch lebendig ist, wenn man den Behälter öffnet, weil man ja den Zeitpunkt nicht kennt, an dem der Mechanismus ausgelöst wird. Radioaktiver Zerfall ist eine statistische Angelegenheit – sozusagen zufällig. Solange der Behälter geschlossen bleibt, befindet sich die Katze in zwei so genannten überlagerten Zuständen: sowohl tot als auch lebendig. Man nennt das Zustandsverschränkung. Die Ausgangslage ist also unbestimmt, der Endzustand nach dem menschlichen Eingriff des Behälteröffnens ist dann aber eindeutig."

Der Mann in der Cordhose schwieg für einen Moment. Die Frau konnte förmlich mit Händen greifen, wie ihre Geschichte sich durch sein Gehirn wandte. Er schluckte. Dann erhob er sich von seinem Besucherstuhl, dankte der Pressesprecherin und griff sich den Stapel Broschüren, die sie ihm hingelegt hatte. Dabei viel seitwärts ein kleines Kärtchen heraus. Er bückte sich und hob es auf. Es war eine Visitenkarte. Mit dem Namen seiner Ansprechpartnerin.

„Da stehen meine Kontaktdaten drauf – für Rückfragen."

„Danke. Vielen Dank."

Er drehte das Kärtchen in seiner Hand: auf der Vorderseite standen die üblichen GSI-Daten mit email- und Post-Adresse. Auf der Rückseite las er nur zwei Einträge:

Tel.- Nr. privat Festnetz:
Mobil:

„Ich muss auch nach offizieller Arbeitszeit erreichbar sein. Bei Presseleuten ist das so. Die arbeiten zu allen möglichen schrägen Stunden. Deshalb."

„Die Vorwahl ist ja Frankfurt. Tun Sie sich jeden Morgen die Rushhour von Frankfurt nach Darmstadt an?"

„Geht schon. Ich wohne ja nicht direkt in Frankfurt, sondern in Niederrad."

Sie ging vor, und er folgte ihr aus dem Büro hinaus, durch den Flur, die Treppe hinunter und auf den plattierten Weg zur Pforte. Vor der Pförtnerloge verabschiedete sich Eva Sterzinski:

„Den Rest können Sie ja ohne mich erledigen. Auf Wiedersehen und nochmals vielen Dank."

Der Mann im schwarzen Blazer trat ein und legte den neutralen Besucherausweis, den er an seiner Jacke geklemmt getragen hatte, auf die Theke. Man hielt ihn ein Klemmbrett mit einer Tabelle hin. Hinter „Seifert / Uhrzeit 10:05" unterschrieb er.

Dann wandte er sich zur Tür, die in diesem Augenblick aufgestoßen wurde. Ein Mann trat ein. Er erkannte ihn wieder. Es war derselbe Mann, mit dem er gestern Abend im Hotelrestaurant fast zusammen gestoßen war. Als er sich jetzt wieder an ihn vorbei drängelte, blickte der andere ihn mit erstaunten Augen an. Der Mann, der sich Seifert nannte, beeilte sich, an die frische Luft zu kommen. Er hörte nur noch, wie der Neu-Ankömmling sich in der Pförtner-Loge vorstellte:

„Guten Morgen, die Herren, mein Name ist Gerd Schmeling. Ich habe einen Termin bei Frau Sterzinski."

Seifert beeilte sich, zu seinem Wagen auf dem großen Besucherparkplatz zu kommen. Vor seinem inneren Auge tauchten Bilder auf: Bilder aus Havanna, aber nicht aus Kuba.

***

Der Cordhosen-Mann saß lange vor dem Lenkrad in seinem Auto, bevor er bereit war, loszufahren. Zuerst musste er sich Klarheit verschaffen über Schrödingers Katze. Einerseits lag etwas ganz Befriedigendes in diesem Gedankenspiel – das sich übrigens ein so großer Physiker nicht ohne faktischen Hintergrund ausgedacht haben konnte –, andererseits konnte er aber keinen greifbaren Mechanismus erkennen, der irgendeine praktische Möglichkeit für seine Zwecke erkennen ließ. Sicher, irgendwie musste alles zusammengebaut werden, alles, was er bisher in Erfahrung gebracht hatte: die nicht-vorhandene Zeit, die goldene Zahl, die parallelen Zustandswelten – kurz: das Drachenrad. Dann könnte man den Hebel umlegen.

Aber auch so fühlte er sich getröstet. Wenn es die Parallelwelten gab, dann existierte er in allen möglichen gleichzeitig. Und jedes Mal, wenn er eine Entscheidung treffen musste, konnte die in einer anderen Welt eben anders ausfallen. Dann bestünde die reale Möglichkeit, dass er in irgendeinem dieser Universen eben damals eine andere Entscheidung getroffen hatte. Statt zu schlagen, hätte er dann trotz allem versucht zu argumentieren. Und sie hätten dann noch einen Campari getrunken, er hätte sie in den Arm genommen, und alles wäre gut geblieben. Er war sich sicher, dass es in einer der anderen Welt so gewesen war. Aber eins war auch klar: zwischen diesen Welten gab es keine Kommunikation. Er würde es nie erfahren. –

Was ihm leichte Sorgen machte, war die zweifache Begegnung mit diesem anderen Mann. Er hatte ihn noch gut in Erinnerung. Sie hatten drinnen gesessen, obwohl draußen schon alles für die wärmere Jahreszeit aufgestellt gewesen war, Tische und Stühle und Speisekarten. Aber den Gästen im Innern war es dann doch noch zu frisch gewesen – ihn eingeschlossen. Es war wenig los gewesen in dem Lokal. Die Studentin hatte einen Salat mit Putenbruststreifen gegessen und der Mann, der ihm in den letzten vierundzwanzig Stunden zweimal begegnet war, ein Chef-Sandwich. Ob der ihn wieder erkannt hatte? Der hatte auf jeden Fall so komisch geguckt. Er winkte innerlich ab.

Dann holte er sein Smartphone hervor und stieg ins Internet ein. Sein Suchbegriff war „Rufnummern Rückwärtssuche". Danach las er von der Rückseite der Visitenkarte die private Festnetz-Nummer von Eva Sterzinski ab und gab sie ein. Der Eintrag, der ihm angezeigt wurde, enthielt die Adresse in Niederrad: Wohnsiedlung Bruchfeldstrasse. Er gab sie in sein Navi ein und fuhr los. Es war noch reichlich Zeit bis zum Abend, aber vielleicht gab es dort ein gutes Restaurant in der Nähe der Rennbahn. Und dann war da nahe bei das Wickchen, in dem an jedem Pfingstdienstag das Wäldchesfest gefeiert wurde. Es würde nicht an Zeitvertreib mangeln.

Die Weltmaschine

Fred Unkel war zurück in Siegburg. Sein Wohnbereich begann sich wieder dem Zustand zu nähern, wie man ihn vor dem Großreinemachen vorgefunden hätte. Unkel saß im Bademantel auf der Wohnzimmercouch und beugte sich über den Tisch, auf dem einige halbleere Cola-Dosen herumstanden. Auf dem Fußboden unter dem Tisch touchierten seine Pantoffel beschuhten Füße eine Pizza-Verpackungshülle. Er hatte einen dünnen Stapel Druckerpapier vor sich, zwischen den Fingern der rechten Hand einen stumpfen Bleistift und ein zerkratztes Plastiklineal in der linken.

Auf dem Papier hatte er eine Mindmap entworfen – lauter Ellipsen, in denen er Begriffe eingetragen hatte: Zeit – Gegenwart – Vergangenheit – Zukunft – Wiederkehr – Universum 1- Universum 2 – Unschärfe – Zurücksetzpunkt – Raum – . Drum herum hatte er einen großen Kreis gezogen, an dessen Rand er das Wort „Drachenrad" notiert hatte.

Und nun begann er, mit Lineal und Stift Verbindungen zwischen diesen Ellipsen herzustellen. Manche führte er als Pfeile aus, andere versah er mit Fragezeichen. Dann zerknüllte er das Blatt und warf es auf den Fußboden, zu den anderen, die er schon vorher in eine Ecke befördert hatte. Er lehnte sich zurück, beäugte das Blatt von oben, so hoch er seinen Kopf recken konnte, und begann von vorne.

Schließlich gab er es auf. Ihm fehlte ein letztes, wichtiges Element, so dachte er. Vorher würde er zu keinem logischen Ergebnis kommen. Den letzten Entwurf faltete er zusammen und ließ ihn auf dem Tisch liegen. Nach einer langen Gedankenpause stand er schließlich auf und schlurfte in sein Büro und klappte das Laptop auf. Das EXCEL-Sheet sagte Folgendes:

13. 04. Havanna	*Hinweis Greifswald*	
28.04.Greifswald	*Geheimprojekt*	
30.04.Rostock	*goldene Zahl*	
27. 05.DESY	*Leibnitz-Zeit*	
05.08.GSI	*Zustandsverschränkungen*	
September CERN	*?*	*gepl.*

Es gab nur noch ein Fragezeichen in der Datei und eine Planung für September. Es war aber immer noch August, und die Unruhe war groß. Er musste das vorziehen. Der Schlüssel lag beim CERN. Die hatten ein Gerät, das überall in den Medien als „Weltmaschine" angepriesen wurde. Und die suchten – und hatten es wohl schon gefunden – ein Teilchen, welches sie „Gottesteilchen" getauft hatten. Es wurde Zeit. Aber dieses Mal wollte er es anders machen. In aller Form. Mit Termin, Besucherzentrum und Pass. Als interessierter Laie. Er ging duschen. Morgenfrüh sollten die Vorbereitungen beginnen.

***

Der erste Vorschlag für die Gründung eines europäischen Großforschungszentrums wurde am 9. Dezember 1949 auf der European Cultural Conference von dem französichen Physiker Louis de Broglie gemacht. Zusammen mit anderen namhaften europäischen Wissenschaftlern hatte er seine Vision entwickelt. Dabei ging es allerdings zunächst nur um Kernphysik – im Nachgang zu den Forschungen in Verbindung mit dem Bau der ersten Atombomben und den Möglichkeiten der Nutzung von Kernenergie für friedliche Zwecke.

Der nächste Schritt wurde getan auf einer UNESCO-Zusammenkunft Ende 1951, die eine Resolution für die Gründung eines Europäischen

Rates für Kernforschung hervorbrachte, abgekürzt CERN aus dem Französischen. Erst Mitte 1953 – auf der sechsten Sitzung des Rates – wurde die endgültige Konvention niedergelegt. Und erst nachdem alle 12 Mitgliedsstaaten diese Konvention ratifiziert hatten (September 1954) existierte CERN offiziell. Zu den Unterzeichnern gehörten: Belgien, Dänemark, Bundesrepublik Deutschland, Griechenland, Italien, die Niederlande, Norwegen, Schweden, die Schweiz, das Vereinigte Königreich und Jugoslawien. Standort wurde Genf, an dem am 6. Mai 1954 der erste Spatenstich getan wurde.

Der Betrieb beim CERN begann 1957 mit einem Synchro-Cyklotron für Protonen. Dieses Gerät tat seine Dienste bis 1990. Zwei Jahre später wurde ein weiterer Beschleuniger für Protonen in Betrieb genommen, ein Synchrotron. Es wird immer noch als Vorbeschleuniger verwendet. Im Jahre1965 begann der Ausbau der Protonen-Speicherringe. Im Jahre 1976 wurde ein weiterer Beschleuniger, das Super-Proton-Synchrotron, fertig gestellt. 1989 folgte der Large Electron-Positron Collider mit einem Tunnel von 27 km Länge. In ihm wurden Kollisionsexperimente mit Elektronen und Positronen durchgeführt. Im Jahre 1996 wurden in einem weiteren Speicherring Antiwasserstoffatome erzeugt.

Und schließlich die „Weltmaschine LHC. Der LHC lässt sich nicht so einfach in die Reihe „gewöhnlicher" Beschleuniger einordnen, denn es handelt sich nicht um einen weiteren Beschleuniger, sondern um eine Anlage, die auf mehreren Beschleunigern, teilweise sogar seit längerer Zeit im CERN vorhandenen, basiert. Zudem beziehen sich die Forschungsschwerpunkte nicht auf ein einziges Teilgebiet der Elementarteilchenphysik – ja der Physik als ganze – sondern umgreifen Fragen nach dem Ursprung der Materie, der Vereinheitlichung der fundamentalen Naturkräfte, der Suche nach neuer Arten von Materie und der Bestätigung von Raum-Zeit-Modellen bestimmter Theorien. Die Suche nach dem viel zitierten Higgs-Boson oder

„Gottesteilchen" war nur eine von vielen Zielsetzungen.

***

Es war ein schöner Spätsommertag, als Fred Unkel Genf wieder verlies. Es war um die Mittagszeit. Kurz hinter Genf an der Landstraße kam er an einer Osteria vorbei. Er hielt an, wendete und fuhr auf den Parkplatz des Restaurants. Draußen waren Tische unter Sonnenschirmen aufgestellt. Er nahm Platz und gab kurze Zeit später seine Bestellung auf: vorab ein Rindercarpaccio, als Hauptgang Osso Bucco, dazu einen Chardonnay. Als Aperitif hatte er sich noch einen Campari-Soda auf Eis bestellt. An dem nippelte er herum und fasste das Erlebte zusammen. Er war enttäuscht und gleichzeitig erleichtert.

Er hatte sich als Fred Unkel angemeldet und sich einer Besuchergruppe aus Heidelberg angeschlossen – Medizinstudenten erstaunlicherweise. Es waren noch einige weitere Interessierte so wie er selbst dazugestoßen. Seinen Pass hatte er am Empfang abgeben müssen. Die erste Enttäuschung war, dass man die Experimentieranlagen nicht besichtigen konnte: es liefen gerade Langzeitexperimente. Also spielte sich alles in dem neuen Besucherzentrum – den Globe of Science and Innovation – ab: ein Geschenk der schweizer Regierung zum 50. Geburtstag von CERN. Also: Vorträge mit Powerpoint-Folie und Filme. Alles sehr imposant: 27 km Tunnel, Detektorhallen groß wie Kathedralen. Zu groß für seine Zwecke. Den Zeit-Rücksetz-Automaten hatte er sich eher in der Größe eines Toasters oder einer Küchenuhr vorgestellt – nicht mit 27 km Durchmesser. Völlig unpraktisch. Das konnte es nicht sein. Und dann die Story mit dem „Gottesteilchen". Der Mythos war schnell erloschen. Die Bezeichnung „Gottesteilchen" ist irreführend. Ein bekannter amerikanischer Physiker hatte einmal sinngemäß geflucht, als man dieses Teilchen zunächst nicht finden konnte: „Wo bleibt denn dieses Gott verdammte Teilchen?" Daher die Bezeichnung. Den Rest hatten die profanen Medien mit ihrer Hype wieder einmal dazu erfunden.

Blieb nur noch diese eine neue Erkenntnis für ihn: die Verschränkung. Das war kein typisches CERN-Thema gewesen, obwohl diese verrückten quantentheoretischen Konstrukte ja immer wieder alle mit einander zu tun hatten. Der Punkt war nur zur Sprache gekommen, weil ein Medizinstudent, der auch nicht viel mehr als er selbst von den Zusammenhängen verstand, eine Frage danach gestellt hatte. Auch diese Idee war auf ein Gedankenexperiment zurück zu führen – ähnlich wie bei Schrödingers Katze. Aber diesmal kam es von Einstein selber. Der hatte sich das mit zwei seiner Kollegen ausgedacht.

Also – wenn man ein System von zwei Teilchen betrachtet, dann wirken sie anfänglich aufeinander ein. Sie befinden sich in einem einzigen Zustand, der ähnlich wie bei der Katze aus der

Überlagerung aller möglichen Zustände besteht. Trennt man diese Teilchen jetzt auseinander, vielleicht sogar Millionen von Kilometern entfernt, so bleibt diese Überlagerung solange erhalten, bis man eines von diesen Teilchen „einfängt" und dadurch seinen Zustand kennt – z. B. seinen Drehimpuls. Beide Teilchen können nicht denselben Zustand haben, weshalb, wenn das eine Teilchen sich nach links um seine eigene Achse dreht, das andere dann automatisch nach rechts drehen muss. Woher weiß dann – nach dem Einfang des einen – das andere Teilchen, das soweit entfernt ist, dass es sich jetzt umgekehrt verhalten muss? – Der Mensch, dem die Frage gestellt worden war, sagte, dass man das noch nicht erklären könnte, aber dass es dazu Vermutungen gäbe.

Wie bei einem Geist, der aus einem Parallel-Universum ruft, und sein Pendant im Hier und Jetzt wachrüttelt. Mein Geist? Fred Unkel fragte nach der Dessert-Karte. Er blinzelte unter der Kante des Sonnenschirms in die Weite des blauen Himmels.

Das Ende des Sommers

Spätsommer im Rheinland. Die stabile Wetterlage hielt noch an. T-Shirts und Bermuda-Shorts dominierten weiterhin das Stadtbild. Straßencafés waren voll besetzt – erstaunlicherweise auch während der normalen Arbeitszeit. Und es waren nicht nur Touristen, die die warme Sonne genossen.

Dr. Schmeling saß zur Mittagszeit draußen vor dem Havanna und verzehrte sein Chef-Sandwich. Nebenbei beobachtete er den Strom der Sommermenschen, die an seinem Tisch auf dem Bürgersteig vorüber zog: Studenten, Angestellte, die sich in der Mittagspause befanden, Einwohner von

Poppelsdorf, die gerade ihre Einkäufe erledigten. Er hatte sein Netbook neben dem Teller mit dem Sandwich stehen, wollte hier noch bei einem Espresso etwas Zeit an der frischen Luft verbringen, bevor er ins Labor zurück musste.

Er kam gut voran mit seinem Buch über Teilchenbeschleuniger und befand sich momentan in dem Kapitel über die großen Laboratorien, Abschnitt GSI. Sein Besuch dort bei Frau Sterzinski vor drei Wochen war recht erfolgreich gewesen. Die Frau war wirklich kompetent und hatte viele seiner Fragen beantwortet. Außerdem hatte er den legendären UNILAC-Beschleuniger gesehen und auch dessen Außenhaut anfassen dürfen. Er liebte das Handgreifliche an der Experimentalphysik. Das unterschied ihn von seinen Theoretikerkollegen, die sich mit Papier und Bildschirm begnügen mussten. Aber wie das so mit einer Stippvisite in einem Großlabor ist – zuhause kamen dann doch wieder Fragen hoch, die bei dem Besuch noch nicht präsent sein konnten. So auch jetzt. Ihm fehlten noch

Detailinformationen zum Stabilitätsverhalten des Großgerätes in ganz bestimmten Energiebereichen.

Schmeling zog sein Smartphone aus seiner Hemdtasche hervor, suchte im Adressverzeichnis und tippte Sterzinski an. Es klingelte fünf Mal, dann meldete sich eine Stimme. Es war die Kollegin Franziska Nehring.

„Hier Schmeling. Kann ich bitte Frau Sterzinkski sprechen?"

…

„Hat Sie die GSI verlassen?"

…

„Wie bitte? – Das tut mir aber leid. Wie ist das denn gekommen, Ich habe Sie doch noch vor drei Wochen besucht. Da sah sie noch kerngesund aus."

…

„Wie bitte? – Ja, wir lesen hier natürlich keine hessischen Zeitungen. Das ist ja unglaublich. Ich bin völlig fassungslos. So eine nette Dame."

…

„Das ist ja unglaublich. Wer macht denn so was?"

…

„Ja. Ich danke für die Informationen."

…

„Nein. Im Moment brauche ich nichts. Ich muss das erst einmal verdauen. Ich melde mich später. Danke."

Dr. Schmeling klappte sein Netbook zu. Er starrte in Richtung Poppelsdorfer Schloss, aber er nahm nichts wahr, auch die Leute nicht mehr, die wie durch einen Nebel, wie in Zeitlupe, an ihm vorbei flanierten, auch die angenehme Sonne nicht mehr. Die Kellnerin kam:

„Noch einen Wunsch?"

Keine Antwort.

„Alles OK bei Ihnen?"

„Jaja", kam es zögerlich, wieder langsam in die Wirklichkeit hinein: „Ja, bitte noch einen doppelten Espresso."

Der Kaffee kam, und Schmeling bat um die Rechnung. Er zahlte, trank aus, nahm sein Netbook und ging eilig über die Straße in Richtung Nussbaumallee zu seinem Institut. In den Fluren war es still. Es war mitten in den Sommer-Semesterferien. Er traf niemanden an. Die Tür zu seinem Büro stand offen. Er legte sein Netbook auf dem Schreibtisch neben einem weiteren, aufgeklappten Laptop ab, setzte sich hinter den Schreibtisch und kramte in einer Schublade, dann in einer anderen, bis er das kleine Kärtchen gefunden hatte. Dann hielt er inne und zählte zusammen: nicht eins und eins, sondern eins und eins und eins. Er wählte die Nummer auf der Visitenkarte:

„Guten Tag, Herr Klein. Hier Schmeling vom Physikalischen Institut. Wir sind uns vor längerer Zeit begegnet."

…

„Genau. Der Fall Julia Theil. Gibt´s da schon eine Lösung?"

…

Gut. Wenn das so ist. Vielleicht kann ich einen Hinweis geben, der Ihnen nutzen wird. Wann kann ich zu Ihnen kommen?"

…

„Doch, doch. Ich möchte eine wichtige Aussage machen. Ich möchte, dass Sie das alles aufnehmen. Das geht am Telefon schlecht. Das sind längere Geschichten. Ich glaube, dass das wichtig ist."

…

„Ich fahre sofort los. Bis gleich."

***

Es dauerte dann doch fast eine Dreiviertelstunde, bis Gerd Schmeling vor dem Präsidium an der Königswintererstraße in Ramersdorf auf den Gästeparkplatz fuhr. All die kleinen Baustellen und Buddellöcher, die – wenn sie einmal gegraben – fast schon Ewigkeitsanspruch erhoben, bevor sie wieder notdürftig geflickt wurden. – Er sprang aus dem Auto und kam fast hechelnd am Empfang an:

„Guten Tag. Mein Name ist Gerd Schmeling. Ich habe eine Verabredung mit Hauptkommissar Klein."

„Sie werden erwartet. Erster Stock, zweite Tür links."

Im Büro des Hauptkommissars wartete noch eine weitere Polizistin. Er wurde freundlich begrüßt und durfte sich setzen:

„Das ist meine Kollegin Kommissarin Tanja Maurer. Sie arbeitet an dem Fall."

Tanja Maurer blickte verstohlen zu Boden, als das Wort „arbeitet" fiel. Das mochte wohl stimmen, wenn man das Ausruhen einer zugeklappten Akte als „arbeiten" bezeichnen wollte.

„Sie sagten am Telefon, dass Sie uns eine wichtige Mitteilung in der Angelegenheit Theil machen wollen. Aber bevor wir darauf eingehen", Klein hatte einen dünnen Ordner vor sich liegen, und nahm ein Blatt heraus. „Bevor wir Sie hören, möchte ich noch auf eine Aussage von Ihnen zurück kommen, die Sie mir bei unserem letzten Zusammentreffen gemacht haben."

Schmeling fühlte sich eingeengt. Er wollte etwas loswerden, und jetzt bremsten sie ihn erst einmal aus. Er musste herunterkommen. Langsam Luft holen:

„Ja, bitte?"

„Sie sprachen von einer Reise oder mehreren Reisen oder einer Rundreise – quer durch Deutschland und bis in die Schweiz. Das ist jetzt schon einige Monate her. Wie steht es mit Ihren Plänen von damals?"

Thorsten Klein blickte sein Gegenüber bohrend an. Tanja Maurer saß seitlich neben dem Schreibtisch ihres Chefs und machte ein Pokerface. Dem Mann aus dem Physikalischen Institut dämmerte, dass er hier gar nicht als neutraler Zeuge angesehen wurde, sondern sich noch immer im Status eines möglichen Verdächtigen befand. Er kühlte mächtig ab.

„Von welchen Reisen reden Sie?"

„Also, ich habe mir hier notiert zum Beispiel DESY oder GSI."

„Herr Kommissar, das ist ja genau der Punkt. Ja, da war ich, und genau da ist es ja geschehen, von dem ich Ihnen berichten will. Kann ich endlich meine Deposition machen?"

„Was ist da geschehen? Wovon reden Sie?"

„Zwei Morde …. ich meine drei … also zusammen drei. Mit dem hier."

„Sie meinen: drei Morde, und an den Orten, die auf Ihrer Reiseroute lagen?"

„Genau das ist es. Es ist ein unwahrscheinlicher Zufall. Und ich habe erst heute von dem letzten Mord erfahren – in Darmstadt."

Klein blickte seine Kollegin an:

„Nimm Sven den Kicker aus der Hand und sag ihm, wir treffen uns in Raum 13. Ist Raum 13 gerade frei?"

„Glaub schon."

Und schon war die Polizistin verschwunden. Klein erhob sich:

„Herr Schmeling wir werden jetzt den Raum wechseln. Da ist aus technischen Gründen sinnvoll. Wir werden das Gespräch in einem anderen Zimmer fortsetzen. Bitte, folgen Sie mir."

Raum 13 war der interne Code für eines der Verhörzimmer, die entsprechend optisch und elektronisch ausgestattet waren. Vor der Eingangstür wartete Kommissar Sven Kessenich, Tanja Maurer saß bereits an dem harten grauen Tisch, ein Aufnahmegerät vor sich. Daneben eine Flasche Mineralwasser medium und ein Glas vor einem leeren Stuhl ihr gegenüber. Kommissar Kessenich blieb draußen. Der Hauptkommissar nahm neben ihr Platz und wies Gerd Schmeling den leeren Stuhl zu.

„So, jetzt haben wir Zeit und Ruhe. Dies ist kein Verhör, sondern eine Anhörung – ganz so, wie Sie es sich gewünscht haben. Und jetzt erzählen Sie mir ganz von vorne, was Sie uns eigentlich von Anfang an sagen wollten. Wir hören."

Schmeling wusste, dass es sich jetzt um mehr als nur eine einfache Anhörung handelte. Die hatten eine dicke Fährte gerochen, und er befand sich jetzt im Visier. Damit hatte er nicht gerechnet, als er seine Schlussfolgerungen gezogen hatte.

„Den Fall Julia Theil brauche ich Ihnen ja nicht zu erzählen. Das Mädchen wurde mit durchgeschnittener Kehle in ihrem Zimmer im Studentenwohnheim aufgefunden. Sie war bei uns im Physikalischen Institut tätig."

Schmeling blicke zur Seite, um sich zu sammeln. Die beiden Polizeibeamten lehnten sich in ihren Stühlen zurück.

„Dann war ich im DESY in Hamburg. Ich hatte dort einen Termin mit der Pressesprecherin, aber ich habe sie dort zum vereinbarten Zeitpunkt nicht mehr angetroffen: sie war da schon tot – ebenfalls ermordet, wie ich später erfahren habe. Und zuletzt war ich in Darmstadt bei der GSI. Ich hatte eine Verabredung mit der dortigen Pressesprecherin, Frau Sterzinski. Die habe ich auch getroffen. Und heute Morgen, als ich mein Manuskript überarbeitete, da fielen mir noch einige Fragen ein, und ich wollte sie am Telefon erreichen, aber ihre Kollegin teilte mir mit, dass sie kurz nach meiner Abreise vor gut zwei Wochen, tot vor ihrer Wohnung aufgefunden wurde – ermordet durch einen Schnitt in der Kehle, genau wie Hella Droste vom DESY – genau wie Julia Theil."

Schmeling holte tief Luft. Die anderen schwiegen, warteten auf mehr. Der Mann im Verhörraum sprach weiter:

„Also, für mich als Wissenschaftler ist das Ganze mehr als nur Zufall. Da muss es eine Korrelation geben: drei Frauen, alle drei an naturwissenschaftlichen Instituten beschäftigt, alle drei auf die gleiche Art getötet."

Klein blickte die Polizistin neben sich an:

„Auch für uns als Kriminalbeamte legt sich der Gedanke einer Korrelation, eines inneren Zusammenhangs, nahe. Für uns kommen noch zwei weitere Gesichtspunkte hinzu, die den Zufall praktisch ausschließen: alle drei Frauen waren Bekannte beziehungsweise Kontaktpersonen von Ihnen, und alle drei starben an Orten, an denen Sie kurz vor oder nach dem Mordgeschehen zu tun hatten. – Warum sind Sie erst jetzt zu uns gekommen?"

Gerd Schmeling ahnte jetzt, in welche Situation er sich gebracht hatte. Er begann zu schwitzen:

„Ja, weil ich den ganzen Zusammenhang doch erst heute Morgen durchschaut habe. Bei dem Mord in Hamburg habe ich noch keine Verbindung gesehen. Das war ein Mord, wie er jeden Tag in der Zeitung steht. Da war mir noch kein Licht aufgegangen. Erst heute Morgen. Da dachte ich, dass Sie das interessieren könnte. Was passiert jetzt?"

„Jetzt?" fragte der Hauptkommissar: „Jetzt unterbrechen wir erst einmal. Bitte, warten Sie hier. Wir sind gleich zurück."

Die beiden ließen den Physiker zurück, der jetzt einen völlig verstörten Eindruck machte, und trafen sich in dem kleinen Vorraum mit Kommissar Kessenich. Ernste Gesichter. Das war die erste größere Bewegung in dem Fall, der schon für gestorben abgehakt worden war. Klein konstatierte:

„Wir brauchen alle verfügbaren Unterlagen über die beiden anderen Mordfälle. Tanja, bitte anfordern. Dann müssen wir diese gesamte Zeitschiene von Julia Theils Tod bis heute nachkonstruieren: wo war Schmeling wann? Welche Zeugen können seine Bewegungen bestätigen oder nicht? Und wir müssen folgende Fragen klären: Was haben diese Institute gemeinsam? Was treiben die dort überhaupt? Warum hatte Schmeling Kontakt mit wem? Gibt es ein Motiv, das in der Arbeit dieser Labors zu finden ist. Und noch einmal: warum und aus welchem Grunde meldet er sich erst jetzt?“

„Haftbefehl?“ wollte Kessenich wissen.

„Noch nicht. Nicht bevor wir seine Bewegungen rekonstruiert haben. Sven, wir beide gehen jetzt da rein und kochen ihn weich. Sobald er sich widerspricht, sitzt er in der Falle.“

***

Klein, Maurer und Kessenich standen vor einer Pinwand. Gleichmäßig verteilt unter dem oberen Rand drei Fotos von toten Frauen, auf der rechten Seite etwa in der Mitte eine Moderationskarte mit dem Namen „Schmeling“. Daneben von rechts nach links jeweils unter den Frauenfotos Karten mit den Namen der zugehörigen Institute, daneben je zwei Karten mit Kalenderdaten: eins für den Todestag, eines für den Besuch Schmelings dort. Jede Menge Pfeile und Nadeln mit bunten Köpfen.

„Es ist nicht zu fassen. Eine solche Menge von Koinzidenzen hatten wir noch nie – und dennoch reicht es noch nicht“, schimpfte Klein. „Also: ich fasse zusammen:“

Dabei klopfte er mit dem Zeigefinger seiner rechten Hand auf die Pinwand, auf Bilder und Pfeile:

„Zum Todeszeitpunkt von Julia Theil war Schmeling hier. Angeblich schlief er in seinem Bett in seiner Bude in Poppelsdorf. Luftlinie: keinen Kilometer vom Tatort. Zeugen gibt es keine.

Als Eva Sterzinkski umgebracht wurde, hatte er am dem fraglichen Tag morgens einen Termin bei ihr. Anschließend, behauptet er, sei er nach Hause zurück gefahren, wo er abends eintraf. Dafür gibt es keine Zeugen.

Der einzige Bruch, den wir haben, betrifft DESY. Als er dort eintraf, war Hella Droste schon tot – und zwar bereits einige Tage vorher. Für den Zeitpunkt gibt es Zeugen, die seine Anwesenheit hier in Bonn bestätigen können.“

Kessenich unterbrach:

„Und wenn er einen Komplizen gehabt hat, der in Hamburg für ihn die Arbeit erledigt hat? Das ganze Muster ist völlig unverständlich. Immer diese Institute, die Pressesprecherinnen, seine Besuche –

da muss es doch einen Zusammenhang geben. Und da muss ein handfestes Motiv vorliegen. Bei keiner von den Frauen lag ein Sexualdelikt vor."

„Es kann auch Sexualdelikte geben, bei denen sich alles im Kopf des Täters vorher oder nachher abspielt", warf Maurer ein: „Machtgefühle und so."

Klein machte weiter:

„Also, diese Institute. Da gibt es jede Menge von auf der Welt. Und eines, das auf Schmelings Liste stand, hat er noch nicht besucht. Er wollte diese Woche zum CERN in Genf. Das hab ich ihm ausgeredet. Er hat sich schön zur Verfügung zu halten. – Also, die machen alle Grundlagenforschung. Ich habe mit meinem Freund Schlee gesprochen, den ich vom Sportverein kenne. Der damals den Kontakt zu Schmeling hergestellt hatte, als wir das Rätsel über den Tod des ersten Mannes meiner Frau gelöst haben. – Also, da ist nicht Klassifiziertes. Da gibt es keine militärische

Forschung oder so. Die Ergebnisse sind alle öffentlich.“

Wieder Kessenich:

„Es soll Fälle gegeben haben, wo Leute nahe an Entdeckungen dran waren, die in Konkurrenz zu anderen Forschungseinrichtungen standen, die dasselbe suchten. Da geht es manchmal um Erstentdeckungen, um Ansprüche auf Preise und Anerkennung, Nobelpreis und so. Nach was haben die denn geforscht?“

„Also, ich habe noch nie von einem Nobelpreisträger gehört, der vorher einen Konkurrenten umgebracht hat. Die waren alle in der Quark-Welt unterwegs …“

„Quark?“ fragte die Polizistin.

„Ja, so heißen die kleinsten Bausteine der Materie. Wie das genau zusammenhängt, kann ich nicht sagen. Der Schlee hat versucht, mir das zu erklären, aber nach dem fünften Kölsch hab ich das Thema gewechselt. – Deine Hypothese macht auch aus dem Grunde keinen Sinn, weil hier nicht hochrangige Wissenschaftler ermordet wurden, sondern Öffentlichkeitsbeauftragte beziehungsweise eine Studentin hier bei uns. Die steckten in den einzelnen Vorhaben gar nicht tief drin."

Kessenich ließ nicht locker:

„Wenn der Täter die nun benutzt hat, irgendetwas herauszufinden. Dass die was zugetragen haben, Informationen entwendet in seinem Auftrag? Dann wollte er Zeugen eliminieren. Ist doch denkbar."

„Ja, das wäre eine Möglichkeit, aber das trifft dann auf Julia Theil zum Beispiel nicht zu. Mit der hat er ja im selben Institut zusammen gearbeitet. Da wusste er selbst sicher mehr als die."

„Und wenn die sich Zugang zum Schreibtisch von Schmelings Chef verschafft hatte – in Schmelings Auftrag? Wir wissen nicht, was die für ein Verhältnis gehabt haben. Immerhin waren die zusammen im Restaurant."

„Wenn das so ist, das musst Du aber mit vielen Frauen ein Verhältnis haben, mein lieber

Sven – übrigens auch mit mir. Sooft wie wir schon zusammen an der Frittenbude gestanden haben", scherzte Tanja Maurer.

„Bleibt die Frage, warum er sich jetzt gemeldet hat und nicht schon vorher nach dem zweiten Fall. Und warum, wenn er der Täter ist, er sich überhaupt gemeldet hat", fuhr Klein fort.

„Er sagt ja, ihm sei erst jetzt ein Licht aufgegangen, erst heute Morgen. Vorher hätte er keinen Zusammenhang gesehen", warf Tanja Maurer ein. „Vielleicht wollte er damit eine Fährte legen oder sich selbst ausschließen, wenn das jetzt alles rauskommen würde."

Klein fasste zusammen:

„Ich kann mir nicht vorstellen, dass es keine Verbindung von Schmeling zu den Morden gibt. Wir haben nur Indizien, keinerlei Beweise. Deshalb hat Oberstaatsanwalt Schwade keinen Haftbefehl erlassen wollen. Wir observieren nur, aber das wird nichts bringen. Jetzt, wo der Mann zu uns gekommen ist, wird er sich ruhig verhalten. – Tanja, ich will alles aus seinem Leben wissen. Wir nehmen uns morgen die Akten vor, die wir aus Hamburg und Darmstadt bekommen haben. Dann sehen wir weiter."

***

Hauptkommissar Thorsten Klein verließ sein Büro an der Königswintererstrasse kurz vor 18:00 Uhr an jenem Tag. Mit seinem privaten Peugot 307 SW überquerte er den Rhein, nahm die Ausfahrt Rheinaue und von da Richtung Süden durch Plittersdorf am Otto-Kühne-Gymnasium vorbei – über Rüngsdorf-Römerplatz bis zur Kreditanstalt für Wiederaufbau. Bonn und auch Bad Godesberg sind ein Konglomerat von ehemals kleinen, selbständigen Dörfern, wie die Perlen auf einer Schnur am Rhein entlang aufgereiht, die im Laufe der Zeit zusammengewachsen waren, und deren Ortsgrenzen heute nicht mehr sichtbar sind. Nur die eingesessenen Einwohner haben ihren Lokalstolz bewahrt.

Klein bog an der KfW nach rechts, dann sofort wieder links auf die B9 Richtung Koblenz, nahm die Ausfahrt Mehlem und von dort kam er auf der L123 in die Flächengemeinde Wachtberg, in der er das erste Dorf Niederbachem nach eineinhalb Kilometern erreichte. Er stellte seinen Wagen vor dem Restaurant „Henseler Hof" ab und ging hinüber in die Konkurrenz „Grüne Gans". Es war 18:30 Uhr. Er hatte vor seiner Abfahrt zwei Telefonate getätigt: mit seinem alten Freund, dem Physiker, um sich mit ihm in dem Lokal zu verabreden; und mit seiner Frau Barbara, um ihr mitzuteilen, dass er eine halbe Stunde später zum Abendessen nach Hause kommen würde.

Schlee war Mitte Fünfzig, leicht untersetzt, dunkelblond mit grauen Einschlüssen. Er trug einen Vollbart, der auch schon anfing, weiß zu werden. Er saß bereits am Tresen, als Klein den Schankraum betrat, der neuerdings durch einen dicken

Filzvorhang draußen vor der Eingangstür gesichert war. Klein schlug ihn auf die Schulter:

„N´Abend, Eric. Schön, dass Du Dich frei machen konntest. Wir gehen rüber zum Tisch da vorne, da können wir reden."

„N´Abend, Thorsten. OK, aber ich will nichts essen."

„Ich auch nicht. Für mich ein Kölsch", rief er dem Wirt zu.

Schlee rutschte vom Hocker und beide setzten sich an einen Tisch unter einem der vorderen Fenster.

„Was kann ich für Dich tun? Habt Ihr dieses Mal Plutonium gefunden?"

„Nein. Keine Analysen. Nur Deine Meinung ist gefragt."

Das Kölsch kam, und dann die Frage des Hauptkommissars:

„Du kennst Dich ja in der Welt der Wissenschaften aus. Ich meine nicht Dein

Fachwissen. Sondern die Leute, die Wissenschaftler. Auch die ganz großen Koryphäen."

„Davon nur wenige – eigentlich persönlich keine."

„Auch gut. Aber was sind das für Menschen? Leben die nicht völlig abgehoben? Ich meine – so ganz fern von den Sorgen des Alltags, anders als wir, als normale Leute?"

„Wenn Du meinst, wir wären normal, dann leben die so wie wir auch. Wie andere auch. Die haben vielleicht auch einen Hauskredit abzubezahlen, haben eine kranke Mutter oder Kinder, die in der Schule Schwierigkeiten haben. All das. Die sind ganz wie andere auch."

„Aber die beschäftigen sich doch mit ganz anderen Dingen. Du gehörst doch auch dazu. Du denkst doch auch in Deiner Freizeit über das eine oder andere physikalische Rätsel nach."

„Das schon. Gelegentlich."

„Also, müssen die nicht auch ethisch anders ticken? Müssen die nicht irgendwie ehrlicher oder moralisch sauberer sein?"

„Das könnte man meinen. Ich glaube das aber nicht. Es gab in der Geschichte genug Wissenschaftler, die keine moralische Scheu hatten, die tödlichsten Waffen zu entwickeln. Denk nur an den Gaskrieg."

„Dann frag ich mal anders: kannst Du Dir vorstellen, dass ein Wissenschaftler einen Kollegen umbringt, um sich daraus einen Vorteil zu verschaffen?"

Schlee lachte:

„Wenn es sich dabei um eine Liebesaffäre handelt, vielleicht schon."

„Na gut: würde ein Wissenschaftler einen anderen umbringen, wenn er dadurch an Informationen kommt, die so wichtig sind, dass er zum Beispiel damit einen Nobelpreis gewinnen könnte?"

Schlee zögerte. Sie bestellten noch zwei Bier.

„Ich kann mir das kaum vorstellen. Wenn zwei Leute an derselben Sache dran sind, dann stehen sie in beständigem Austausch und auch mit anderen Kollegen weltweit. Das würde nicht funktionieren. Das flöge sofort auf. Ich kann mir das wirklich nicht vorstellen. Mir sind auch solche Charaktere bisher nicht über den Weg gelaufen. Es wäre äußerst unwahrscheinlich."

„Aber ausschließen kannst Du das nicht hundertprozentig."

„Natürlich nicht. Alles passiert irgendwann zum ersten Mal."

Sie unterhielten sich noch ein wenig, sprachen über die Bundesliga. Und schließlich schaute Klein auf die Uhr, bedankte sich und sie zahlten und verließen die Gaststube gleichzeitig. Klein fuhr in Richtung Mehlem davon, Schlee ging zu Fuß nach Hause.

Datenbanken

Dr. Gerd Schmeling hatte eine schlechte Nacht hinter sich. Wie das am Tage zuvor bei der Polizei ausgegangen war – das hatte er sich in seinen schlimmsten Träumen nicht ausgemalt. Wäre er doch bloß nicht hingegangen! Hätte seine Vermutungen für sich behalten! Aber so saß er jetzt in der Tinte, und nur die Identifizierung des oder der richtigen Täter konnte ihn da noch heraus holen.

Gegen seine Gewohnheiten aß er heute Morgen kein Brötchen, sondern würgte seinen Kaffe auf leeren Magen hinunter. Er war außerdem viel früher als sonst aus dem Bett gekrochen, konnte halt nicht schlafen. Die ganze Nacht. Hatte sich nur gewälzt. Es war stickig in seinem Schlafzimmer.

Dann stützte er seinen Kopf in beide Hände, versuchte Klarheit zu gewinnen. Rational war ja alles in Ordnung. Da gab es keine Verbindung zu ihm. Das war Zufall. Oder auch nicht? – Die Leere in seinem Gehirn begann, sich langsam zu füllen. Das dauerte auch in normalen Situationen immer bei ihm etwas länger. Schließlich war er ein Morgenmuffel, der sich zuerst alles vom Vortage wieder ins Gedächtnis rufen musste, bevor die Action beginnen konnte. – Wenn alles kein Zufall sein sollte – wie kam er dann da hinein? Was könnte er damit zu tun haben? Dann hob er die Augen auf, strich sich mit den Händen durchs Gesicht und schaute zum Fenster hinaus in den Himmel.

Da war noch etwas. Noch eine Kleinigkeit. Eine vage Kleinigkeit. Er stand auf, nahm sein Mobiltelefon und wählte die Durchwahl von Hauptkommissar Klein auf der Dienststelle. Der Anruf sprang zur Zentrale. Es war noch zu früh.

Klein noch nicht im Haus. Er wählte die Mobil-Nummer.

Eine halbe Stunde später saßen sich die beiden Männer in Ramersdorf gegenüber.

„Schießen Sie los."

„Ich möchte noch eine oder besser zwei Beobachtungen zu Protokoll geben."

„Ja, bitte. Was denn?"

„Ich habe eine Person beobachtet, die mit den Geschehnissen in Zusammenhang stehen könnte. Ich habe diese Person, einen Mann, etwas älter als ich, sowohl hier in Bonn als auch später in Darmstadt flüchtig getroffen. Es war derselbe. In Bonn im Lokal Havanna in Poppelsdorf, und in Darmstadt wohnte er im selben Hotel wie ich. Also … und dann habe ich ihn ein drittes Mal gesehen: An der Pforte bei der GSI. Und das war immer an den Tagen, an denen ein Mord geschah."

Klein zog Tanja Maurer hinzu, die gerade eingetroffen war. Zusammen erfuhren sie zunächst von der Begegnung in Poppelsdorf, als der Mann neben Schmeling und Julia Theil gesessen hatte, dann von den wortlosen Zusammentreffen zuerst am Abend, dann am darauf folgenden Morgen in Darmstadt. Auf Befragen war sich Schmeling einigermaßen sicher, dass es immer derselbe Mann gewesen war. Ein Spezialist von der Spurensicherung wurde geholt und man fertigte unter Zuhilfenahme modernster Mittel die Skizze eines Phantombildes an. Zum Schluss fiel dem Wissenschaftler noch etwas ein:

„Ich bin damals gegangen, mittags, hatte im Institut zu tun, aber Julia blieb noch eine Zeit lang im Havanna. Nachher hat sie mir erzählt, dass der Mann sie angesprochen hatte. Sie hatte noch Besorgungen in der Bonner Innenstadt gemacht und war dann noch einmal ins Helmholtz-Institut an der Nussbaumallee zurückgekehrt. Im Parterre auf dem Flur hatte ich sie getroffen. Dabei hatte sie mir lachend von ihrer Begegnung mit dem komischen Kauz im Havanna erzählt. Der hatte nach einer Art Zeitmaschine gefragt. Aber Julia hatte ihn zum

Narren gehalten und ihn nach Greifswald verwiesen, dem Standort des still gelegten und einzigen KKW der ehemaligen DDR."

„Und was sollte das?" wollte Maurer wissen.

„Keine Ahnung. Sie hat ihn sozusagen in die Wüste geschickt, weil er wohl unsinnige Fragen gestellt hatte. War ein Scherz, mehr nicht. Aber vielleicht ist das wichtig."

„Befindet sich in Greifswald auch ein Grundlagenlabor?"

„Ja, mit dem Wendelstein-Experiment, einer Fusionstestanlage im Max-Planck-Institut für Plasmaphysik. Aber sie hatte ihn – wie gesagt – zum KKW verwiesen."

Schmeling konnte gehen. Die beiden anderen warteten noch auf Sven Kessenich, um die Lage zu aktualisieren.

***

„Jetzt bringt der auch noch einen geheimnisvollen Verdächtigen ins Spiel. Was will er damit bezwecken?" fragte Tanja Maurer.

„Vielleicht ist da ja was dran", meinte Klein. „Auf jeden Fall haben wir jetzt ein erstes Phantombild in dem Fall. Ich werde es freigeben zur Fahndungsunterstützung – zumindest hier im Umkreis. Das in Darmstadt und Hamburg kläre ich mit den Kollegen da unten. Ich schlage vor, da wir es mit drei ähnlichen Morden zu tun haben – drei Frauen, alle auf dieselbe Art umgebracht, bei allen kein Sexualvergehen, und alle drei beschäftigt bei Institutionen, die irgendwie mit Teilchenphysik zu tun haben –, dass wir nachforschen, ob noch irgendwo sonst zumindest in Deutschland vergleichbare Fälle vorliegen, von denen wir noch nichts wissen."

„Was ist mit Greifswald? Da wurde doch angeblich unser Phantom aus dem Havanna zuerst hingeschickt. Sollen wir da nicht auch suchen?"

„Nach Aussage unseres Gewährsmannes von der Uni", Klein lachte, „also, nach seiner Aussage, handelt es sich nicht um eine Forschungseinrichtung, sondern um ein stillgelegtes AKW."

Kessenich meldete sich zu Wort:

„Tut doch nichts zur Sache. Wir kennen die Motivlage nicht. Schadet doch nicht, da oben mal anzufragen."

„Können wir immer noch machen. Tanja, kannst Du die Suchkriterien mal ins POLAS eingeben. Mal sehen, was der ausspuckt."

POLAS, auch POLizeiAuskunftsSystem ist ein Fahndungssystem, das praktisch in allen Bundesländern genutzt wird, in dem Fall bezogene Ermittlungs- und Vorgangsinformationen gespeichert werden. In diesem Fall waren die Suchkriterien klar von Hauptkommissar Klein benannt. Tanja Maurer rief die Datenbank auf und gab die Kriterien ein. Eine lange Tabelle wurde angezeigt. Das System hatte die Eingrenzung nicht ganz verstanden. Die drei, die um den Bildschirm standen, bekamen Einträge über alle möglichen Frauen angezeigt, die in den letzten drei Jahren (das war die Zeit, die Tanja Maurer zurück gehen wollte) auf irgendeine Weise erstochen worden waren: mit Küchenmessern in der eigenen Wohnung, durch Jagdmesser bei Vergewaltigungen, durch Springmesser bei Raubüberfällen.

Ihre drei Fälle waren auch dabei. Leider fehlten überall die Firma oder Behörde, bei denen die anderen Opfer beschäftigt gewesen waren. Außerdem waren keine weiteren mit dem charakteristischen glatten Kehldurchschnitt dabei, den die Beamten suchten.

„Wir sollten die Suchkriterien ändern", schlug Kessenich vor.

„Inwiefern. Wir haben eigentlich alles, auch wenn wir das Letzte von Hand selektieren mussten", gab Klein zurück.

„Wir sollten das Geschlecht weglassen."

„Wieso? Nichts deutet darauf hin, dass auch Männer infrage kommen. Wir haben lediglich drei Frauen, die uns bekannt sind."

„Da es sich nicht um Sexualmorde handelt, kommen eigentlich geschlechtsspezifische Überlegungen nicht in Betracht."

„Woher willst Du wissen, dass das nicht sexuell motiviert war?" fragte Maurer.

„Keine Anzeichen von Vergewaltigung, keine Spermaspuren, nichts."

„Das will nichts heißen. Es gibt Typen, die werden bei dem reinen Gewaltakt sexuell befriedigt."

„Das ist jetzt Spekulation. Los, geh noch mal ran und lass das Geschlecht weg."

Kommissarin Maurer seufzte. Sie ahnte, was jetzt kommen würde: eine Liste, die mehrfach länger war, als die erste. Es kamen ja mehr Männer durch Männer um, als Frauen. Das war eine statistische Banalität. Und so war es auch:

„Ausdrucken!" befahl Klein. „Wenn Ihr mit der Auswertung durch seid, sagt Bescheid. Ich bin in meinem Büro."

Und ging hinaus zum Kaffeeautomaten.

Eine Halbestunde später kam Tanja Maurer mit dem Ausdruck in sein Büro. Auf den Blättern sah er schon von Weitem nur einen weiteren Kringel:

„Lass sehen!"

„Passt nicht ganz. Ein älterer Chinese. Nur die Todesart stimmt überein."

„Passt überhaupt nicht: Ausländer, alt, Mann. Fällt komplett aus dem Rahmen. Wo ist das passiert?"

„Dreimal darfst Du raten."

„Sag schon."

„In Ueckermünde."

Klein wäre vom Stuhl hinten rüber gefallen, wäre da nicht die elastische Lehne gewesen. Ein Film lief vor seinem inneren Auge ab, oder besser: zwei Filme. Der eine spielte in einem Wald in einer einsamen Hütte, der andere auf dem Deck seiner Segelyacht. Die Kollegin durchbrach das blasse Schweigen ihres Chefs:

„Vielleicht solltest Du mal Deinen alten Freund Wolter da oben anrufen. Vielleicht weiß der mehr."

Klein holte tief Luft:

„Kann ich machen – obwohl: das passt nicht zusammen. Das weiß ich."

Er stand auf und stellte sich vor die Deutschlandkarte, die hinter seinem Schreibtisch an der Wand angebracht war. Er zeigte auf eine Stelle ziemlich in der nordöstlichsten Ecke des Landes.

„Hier liegt Ueckermünde."

Dann wanderten seine Augen um diesen Punkt herum – in alle Richtungen:

„Und hier liegt Greifswald – keine hundert Kilometer entfernt. Ich rufe doch Wolter an."

Die Spur nach Nordosten

Hauptkommissar Thorsten Klein hatte seinen Homologen in Ueckermünde nicht in der Dienststelle erreicht. Hauptkommissar Heinz Wolter war in Anklam zu einem Termin bei seinem Vorgesetzten Lampader. Er würde nachmittags zurück sein. Klein wollte Wolter nicht über sein Mobiltelefon stören, andererseits war ihm die Sache zu wichtig, um dessen Untergebene einzuschalten. So wartete er bis nach dem Mittagsimbiss ab, um dann eine Telefonkonferenz unter Beteiligung von Maurer, Kessenich, ihm selbst und Wolter anzustoßen. Schließlich hatten Sie den Mann vom Haff an der Leitung:

„Moin Heinz, hier ist Dein alter Bekannter Thorsten aus Bonn. Wie isset?"

„Meine Leute haben mir schon gesagt, dass Du Sehnsucht nach mir hast. Soll ich dir wieder einen Liegeplatz im Hafen besorgen – vielleicht in der Lagunenstadt?"

„Nicht nötig?"

„Segelst Du nicht mehr?"

„Doch, Aber nicht mehr bei Euch da oben."

„Was kann ich für Dich tun?"

„Pass mal auf. Hier sind noch die Kollegen Maurer und Kessenich. Die hören mit. Es geht um einen Mordfall bei uns, beziehungsweise um drei oder vier insgesamt – je nach dem, was ich gleich von Dir höre."

Klein legte dem Mann am anderen Ende die Lage vor: drei Frauen, drei saubere Schnitte, keine offensichtlichen Sexualdelikte, wissenschaftliche Institute. Dann kam er auf Schmeling zu sprechen, von dem er ja die wesentlichen Informationen hatte.

„Habt Ihr den verhaftet?" warf Wolter ein.

„Nein."

„Wieso nicht?"

„Ich weiß nicht, wie das bei Euch ist, aber unsere Staatsanwälte hier brauchen für so was handfeste Gründe."

„Meinetwegen. Aber …. was haben wir mit der ganzen Sache zu tun?"

„Bei Euch ist vor einige Monaten jemand auf dieselbe Art getötet worden: ein Chinese, wenn die Angaben im POLAS stimmen. Wie ist da der Stand?"

„Also. Ja. Das war so Ende April. Aber – das war keine Frau."

„Schon klar. Kannst Du uns sagen, wo der beschäftigt war?"

„Der war Rentner."

„Habt Ihr schon Ansätze, Verdächtige?"

„Wir haben ein Phantombild und Zeugen."

„Es gibt nämlich noch einen anderen Grund als reine Datenbankstatistik, warum wir an Eurem Fall interessiert sind: unser Gewährsmann – der, den wir noch nicht verhaftet haben, - sagt aus, dass das erste Opfer, seine junge Studentin, einen Verdächtigen, von dem wir ebenfalls ein Phantombild besitzen, in einem Scherz nach Greifswald – also nicht ganz so weit von Euch – geschickt hat."

„Ich verstehe nur Bahnhof. Wie kann ein Opfer seinen Mörder in einem Scherz quer durch Deutschland jagen, und der tut das dann auch? Das musst Du mir näher erläutern. Aber, um auf die Sachlage zurück zu kommen: Der alte Chinese hat vor seiner Pensionierung in Greifswald in dem Kernkraftwerk gearbeitet. Und dort, vor den Toren des still gelegten Werks, hat eine Zeugin, nämlich die Nichte des Opfers, den mutmaßlichen Täter getroffen und mit ihm gesprochen – per Zufall, wie sie sagt. Von der haben wir das Phantombild."

Für einen Augenblick herrschte Schweigen. Sven Kessenich streckte den Daumen seiner rechten Hand hoch und nickte. Klein fuhr fort:

„Hört sich verdammt interessant an. Kannst Du uns Euer Phantombild mailen, Du kriegst unseres postwendend. Dann sprechen wir weiter."

„Ist schon unterwegs. Ich lege jetzt auf. Bin am Schreibtisch, wenn Ihr wieder anruft."

Tanja Maurer checkte ihr Email Account. Nach gut fünf Minuten war der Anhang da. Sie nahm den Ausdruck, und alle drei gingen zur Pinwand ins Besprechungszimmer, hielten das Bild aus dem Nordosten neben dem aus Bonn – und waren ziemlich enttäuscht. Kessenich hatte sich als erster wieder gefasst:

„Na. Auf beiden ist ja ein Mann zu sehen."

„In der Tat", kommentierte sein Chef.

„Und der auf unserem Bild ist vielleicht vierzig Jahre alt, der auf dem anderen zwischen zwanzig und dreißig. Da sind auch die Nase länger, und auch die Haare. Deckungsgleich sind die Bilder wohl nicht."

„Das kann man wohl sagen. Gut. Schmeling hatte den Mann nur flüchtig gesehen, die chinesische

Nichte hatte wohl länger mit ihm gesprochen. Außerdem hat sie zeitnah ausgesagt, Schmelings Erinnerung kam ja viel später. Aber, wenn Ihr mich fragt: die paar Übereinstimmungen sind auf keinen Fall Beweis kräftig. Wir rufen Wolter wieder an."

Heinz Wolter war zu ähnlichen Schlüssen gekommen, aber er hatte noch eine andere Erklärung für die Diskrepanzen:

„Ihr müsst Euch vor Augen führen, dass unser Bild von einer Asiatin stammt. Wenn das bei denen so ist, wie bei mir mit den Schwarzen: für Menschen einer anderen Rasse sehen die anderen immer ziemlich egal aus. Ich kann das Alter eines Afrikaners auch nicht auf Anhieb schätzen. Vielleicht ist das ein Grund."

Die beiden Hauptkommissare ergänzten ihre Falldarstellungen noch um einige weitere Details, kamen dann aber zu dem Ergebnis, dass es zu viele Berührungspunkte gab, als dass man diese gemeinsamen Spuren nicht weiter verfolgen sollte. Klein machte einen Vorschlag:

„Heinz, am Telefon kommen wir nicht weiter. Warum kommst Du nicht mit Deiner Truppe dieses Mal zu uns ins Rheinland? Dann können wir hier alles in Muße besprechen."

„Was meinst Du mit ´meiner Truppe´? Glaubst Du, Lampader bezahlt einen Trip zum Rhein für vier Leute?"

„Ja, dann komm doch und bring den Kollegen Naumann mit."

„Muss ich checken. Wann geht das denn bei Euch?"

„Am Besten jetzt in den nächsten Tagen. Es gibt nämlich noch einen anderen Grund: Pützchens Markt fängt übermorgen an."

„?"

***

Sie legten Gerd Schmeling das Bild aus Ueckermünde vor. Der wiegte seinen Kopf hin und her. Dann betrachtete er das Bild nach seinen

Beschreibungen und begann, daran herumzukorrigieren. Es schien, als ob das neue Bild sein Gedächtnis aufgefrischt hätte. Mit Hilfe des Mannes von der Spurensicherung, den sie hinzugezogen hatten, veränderte er sein erstes Bild immer mehr in Richtung Ueckermünde. Bis er wieder den Kopf schüttelte:

„Ich bin mir nicht mehr sicher."

Pützchens Markt

Hauptkommissar Heinz Wolter und Kommissar Stefan Kirn trafen gegen 15:30 Uhr am Bahnhof Siegburg mit einem ICE aus Berlin ein. An Gleis 6 wartete Kommissar Sven Kessenich auf die Beiden. Sie waren sich noch nicht begegnet. Damals in Ueckermünde mit der Witwe des Bernsteinhändlers, jetzt Kleins Frau, da waren nur Tanja Maurer und Klein selbst mitgefahren. Aber die Beiden aus dem Nordosten hatten per Emails Fotos von sich geschickt. Er wusste, auf wen er achten musste.

„Hallo, Hauptkommissar Wolter?"

„Der bin ich. Und das hier ist mein Kollege Stefan Kirn. Sind Sie Herr Kessenich?"

„Der bin ich – Sven. Wie war die Fahrt."

„Sehr angenehm, kaum Verspätung. Gemütliche Reise."

„OK. Ist das alles an Gepäck?"

„Das ist alles."

„Gut. Der Plan sieht wie folgt aus: ich fahre Sie jetzt zu Ihrem Hotel in Königswinter, ins Maritim. Dort können Sie sich in Ruhe einrichten. Gegen 17:30 holen wir Sie dann ab."

„Zur Dienststelle?"

„Lassen Sie sich überraschen – und ziehen Sie sich bequem an. Vergessen Sie Ihre Jacke oder Ihren Anorak nicht. Es könnte später schon frisch werden."

Wolter runzelte die Stirn:

„Habt Ihr keine Heizung in Euren Büros?"

„Doch, aber dafür ist es noch zu früh übertags."

Kessenich hatte seinen Fiat Panda im Parkhaus gegenüber vom Gleis auf dem Oberdeck abgestellt. Auf den unteren Etagen war nichts mehr frei gewesen. Dann ging es los aus Siegburg hinaus auf die A560 Richtung Bonn bis zum Kreuz Bonn/Siegburg, von dort auf die A59 weiter in Richtung Königswinter. Kessenich nahm die Ausfahrt Königswinter und fuhr in Richtung Rhein, dann parallel zur Straßenbahntrasse am Rheinufer entlang, bis er zweihundert Meter hinter dem Fähranleger nach einer Haarnadelkurve auf das Parallelsträßchen auffuhr bis zum Wendeplatz vor dem Maritim, wo er sein Gefährt anhielt und die beiden Gäste aussteigen konnten.

„Vergesst Eure Jacken nicht – bis später!"

***

Punkt 17:30 Uhr fuhr ein Taxi vor. Im Foyer warteten Wolter und Kirn. Kessenich trat ein und winkte die beiden hinaus zum Taxi.

„Taxi? Ihr scheint´s ja zu haben",
kommentierte Wolter.

„Die anderen sind schon voraus gefahren.
Alles klar?"

„Jaja. Wie weit ist es denn zur Dienststelle?"

„Wir fahren nicht zur Dienststelle."

„Aha. Und wohin geht´s?"

„Lasst Euch überraschen."

Es ging die kleine Straße bis zur
Fußgängerzone entlang, dann nach rechts bis zum
Bahnübergang, entlang der Eisenbahnstrecke, dann
zurück auf die Hauptstrasse bis zur Ampel. Von dort
über die Brücke und auf die Autobahnauffahrt
Richtung Bonn. Hinter den beiden Tunneln verließ
das Taxi die A59 schon wieder und fädelte sich nach
rechts in eine Stop-and-Go-Schlange ein, die sie
durch ein kleines Waldgebiet führte bis zum
Abbieger in Richtung Pützchen. Nach einem
knappen Kilometer ging es rechts auf eine
Landwirtschafsstraße an einer voll beparkten Wiese
vorbei bis zu einer Straßensperre.

„Wir sind da."

Kommissar Kessenich zahlte, alle stiegen aus. Wolters Augen wurden groß, als er direkt hinter der Absperrung die erste Kirmesbude mit einer riesigen Auswahl von Lakritzprodukten entdeckte:

„Ist das hier ne Kirmes?"

„Leute: das ist Pützchens Markt, das größte Volksfest im Rheinland, kommt gleich nach dem Oktoberfest in München. Die Bude da vorne ist von HaRiBo: Hans Riegel Bonn – eine unserer weltweit bekanntesten Errungenschaften."

Und so schlenderten die drei Polizisten in Zivil an Buden und Imbissständen vorbei, über die Bahngeleise, bis sie auf den Hauptplatz von Pützchens Markt angekommen waren.

„Wir haben uns mit Thorsten und Tanja am Riesenrad verabredet, da vorne."

Es ging vorbei an einer Art Piraten-Geisterbahn, wo von oben eine penetrante, krächzende Stimme die Besucher zu einer Horrortour in die Karibik zu locken versuchte, vorbei an Wurst- und Reibekuchenbratereien, und dann winkten ihnen schon Thorsten Klein und Tanja Maurer am Riesenrad zu. Es gab ein großen Hallo und herzliches Händeschütteln.

„Wollen wir heute gar nichts tun?" fragte Wolter besorgt. „Wir müssen Morgen ja schon wieder gegen Mittag abreisen."

„Was heißt hier: ´nichts tun´?" grinste Klein. „Jetzt wird erst einmal das Wiedersehen gefeiert. Alles andere können wir morgenfrüh noch erledigen. Wie wär´s mit einem Backfisch?"

„Könnte schon was vertragen", meine Kirn, dessen Blick vergeblich den bewundernden Augen von Tanja Maurer auszuweichen versuchte.

Sie steuerten auf einen Fischpalast zu, an dem es neben dem klassischen Backfisch noch allerlei andere Köstlichkeiten zu kaufen gab: frittierte Garnelen, Krabbenbrötchen, Geräuchertes. Klein lud zum Backfisch ein, und alle nahmen an.

„Und?" kam seine erwartungsvolle Frage.

„Naja. Wir wollen nicht unhöflich sein. Nicht schlecht. Aber Rosi´s ist ….“

„Na?"

„Na – eben anders. Vielleicht ist es ja auch nur Gewohnheit. Aber sonst. Nicht schlecht. – Nun sag mal, wieso heißt das hier Pützchens Markt? Was bedeutet das?“

„Also ein Pütz: das ist rheinisch. Ein Pütz ist ein Schacht oder ein Brunnen. Und Pützchen ist halt ein kleiner Brunnen. Und dieser Ort heißt so. Und natürlich ist das eine Kirmes, ein Markt, der sich mit seinen Ständen vor mehr als 600 Jahren gebildet hat und auf die Adelheidis-Wallfahrt zurück geht. Mittlerweile ist das so riesig geworden. Halb Kölle kommt her.“

„Kölle?“

„Köln.“

Und sie schlenderten weiter – vorbei an hochmodernen Fahrgeschäften und traditionellen Autoselbstfahrern, am Bayernzelt und an Losbuden, und schon bald hatten die Gäste aus Mecklenburg-

Vorpommern die Orientierung verloren. Schließlich machte man an einer Trinkhalle gegenüber der Achterbahn mit dem Dreifach-Looping halt. Alle hatten Durst. Sie setzen sich nach hinten an einer der Biertischgarnituren. Thorsten Klein empfahl Kölsch.

„Donnerwetter. Das sind ja richtige Gläser. Aus richtigem Glas – keine Pappbecher. Bin ja mal gespannt", entfuhr es Heinz Wolter.

Nach der zweiten Runde Kölsch, das auch von nordöstlicher Seite allgemeine Zustimmung hervor rief, und die Wolter persönlich übernahm, hatte Sven Kessenich wieder Hunger:

„Gleich nebenan gibt es Prager Schinken. Kann ich nur empfehlen. Das Brötchen zu vier Euro fünfzig. Wer möchte eins?"

Alle außer Thorsten Klein. Tanja Maurer und Stefan Kirn erboten sich, die Teile zu holen. Nachdem sich alle gestärkt hatten und der erste Durst weg war, brach die Truppe wieder auf. Jetzt ging es über den Plutermarkt, dem eigentlichen „Markt", wo alles zu finden war, was irgendwie meistens in Fernost hergestellt wird: Schürzen, Wollsocken, Hosengürtel, Unterwäsche, Gewürze und Schälmesser. Mittlerweile schlenderte Tanja Maurer, das „Mariechen", neben Stefan Kirn und hatte ihn schon untergehakt. Und so ging es weiter bis zum nächsten Bier-Pavillon.

Es begann zu dunkeln, die Kirmeslichter verstrahlten ihren magischen Glanz; nach ein paar Runden, fragte Klein, on jemand Schabau möchte.

„Schabau?", wollte Wolter wissen.

„N´ Kurzen."

Die beiden aus dem Nordosten nickten:

„Haben die auch Wodka?"

„Mal kucken", Kessenich ging zum Ausschank und kam nach kurzer Zeit mit einem Kästchen voller kleiner Fläschchen zurück, von denen er fünf verteilte. Wolter hielt es auf kritische Distanz von sich fern und betrachtete das Bild auf der Vorderseite. Da stand so eine Art Geist drauf – zwei rollende Augen auf einem schwarzen, grün umrandeten Etikett. „Kleiner Feigling" stand da drauf – Wodka-Feige. Und dann vollführten die Rheinländer einen seltsamen Ritus. Sie schraubten ihre Fläschchen auf, nahmen den Schraubverschluss und setzten ihn auf ihre Nasenspitzen, wobei sie ununterbrachen mit dem Fläschchenboden auf den Tisch aufschlugen. Dann wurde auf Ex getrunken.

Die beiden Männer von der Haff-Küste waren einigermaßen enttäuscht von dem Schluck. Von Wodka war nicht viel zu spüren. Kirn zeigte sein Fläschchen seinem Chef und deutete schweigend auf eine aufgedruckte Zahl: 20%. Wolter nickte:

„Likör."

Sie blieben noch eine Weile sitzen. Gesehen hatten sie genug. Das Kölsch lief noch, der kleine Feigling eigentlich nur bei den Rheinländern. Als Mariechen schließlich an Stefan Kirns Ohr zu knabbern begann und dabei leise sang:

„Mer losse de Dom in Kölle …."‚

hob Thorsten Klein die Tafel auf. Es war ein schöner, geselliger Abend gewesen. Morgen sollte gearbeitet werden.

***

Am nächsten Morgen holte Tanja Maurer die Kollegen aus dem Osten vom Maritim ab. Stefan Kirn grinste breit über beide Backen, als er seine Begleiterin vom Abend vorher wiedersah, war dann aber ziemlich enttäuscht, als die rheinische Kollegin seinen vertraulichen Blick nicht erwiderte, sondern sich sachlich, dienstlich und kühl verhielt – so als wäre nichts gewesen. Komisch. Wer wird aus diesen Leuten hier schlau?

Dann standen sie vor der Pinwand mit den beiden Porträts, die denselben Mann vorstellen sollten. Auch das dritte Bild mit der letzten Iteration von Schmeling hing daneben. Hauptkommissar Wolter berichtete ausführlich über den Mord an Wei Liu und der Spurenlage. Sie glichen ab, mit dem, was Thorsten Klein vorzubringen hatte. Sie kamen überein, dass es sich mit 90%iger Sicherheit um denselben Täter handeln müsste. Die größten Schwierigkeiten bereitete die Motiv-Lage. Keiner konnte sich einen Reim darauf machen. Weder Geld noch Sex noch persönliche Rache schienen eine Rolle zu spielen. Vielleicht handelte es sich nur um einen dieser Serienmörder, die man in den USA als „Drifter" bezeichnete – Männer, die ziellos durchs Land streiften und wahllos Opfer suchten, um an ihnen ihre krankhafte Macht zu demonstrieren. Einziger gemeinsamer Nenner war die Nähe der Opfer zu Einrichtungen, die sich auf irgendeine Weise mit Atom-, Kern- oder Teilchenforschung beschäftigten. Darin musste der Schlüssel zu allem liegen.

Man beschloss, dass die Bonner Polizei eine Fahndung mit dem Phantombild aus Ueckermünde, das man für glaubwürdiger hielt, auslösen sollte: Lokalfernsehen, Tankstellen, Bahnhöfe. Dabei sollte neben den Frauenmorden auch der Hinweis auf den

Mord in Ueckermünde erwähnt werden. Man vereinbarte, sich bei den beiderseitigen Ermittlungen gegenseitig auf dem Laufenden zu halten. Dann kam der Abschied. Kessenich sollte die beiden Männer von der Ostsee zum Bahnhof nach Bonn bringen. Tanja Maurer war schon verschwunden, sodass Stefan Kirn sich nicht mehr persönlich von ihr verabschieden konnte.

Der Knastbruder

Herrmann Lübbers wohnte in einem kleinen Apartment in Mehlem, dem südlichsten Ausläufer von Bad Godesberg. Zusammen mit seiner kleinen Dackelhündin. Seine bescheidene Rente reichte knapp zum Existieren nach seiner Entlassung aus der JVA Rheinbach. Er verdiente sich etwas hinzu durch das frühmorgendliche Austragen von Werbezeitungen. Wenn das Wetter es zuließ, schnappte er sich nachmittags sein Fahrrad, das er sich gebraucht für einhundert Euro gekauft hatte, setzte sein Hündchen vorne ins Körbchen und radelte zum Campingplatz „Siebengebirgsblick" am Rheinufer entlang nach Rolandswerth.

Gleich im Eingangsbereich tut sich ein kleines Paradies auf: Rezeptionswagen als großzügiger Getränkepavillon aufgebaut mit Barhockern und umgestalteten ehemaligen Ölfässern als Tische, die Getränkeauswahl vorbildlich: Bier, Wein, Softdrinks, Schnäpse, Kaffee – was das Herz begehrt. Daneben ein separater Küchenwagen mit Imbissgerichten aber auch aus der mediterranen Küche. Bedienung immer gut gelaunt und entgegenkommend, auch sonst hilfsbereit – die guten Geister. Lesen ihren Stammgästen den Getränkewunsch von den Augen ab. Und dann die große Freifläche mit Sitzgelegenheiten an Biertischgarnituren für über hundert Menschen. Zwischendrin Sonnenschirme und Zeltpavillons, wenn es mal regnen sollte. Am Rheinufer Enten, die manchmal zwischen den Gästen laufen, und Nilgänse und Schwäne, die unweit nisten.

Während der Saison im Sommer und besonders nach 17:00 Uhr oder an Wochenenden herrscht hier Hochbetrieb. Es kommen die

Regelmäßigen, die jeden oder jeden zweiten Tag hier auftauchen – alle Generationen und alle Einkommenskategorien sind vertreten –, die Radfahrer und Wanderer, die auf weiten Strecken hier Rast einlegen, Familien, die mit ihren kleinen Kindern Geburtstagsparties veranstalten, und Ruderer aus den Clubs von Godesberg, die ihre Boote am Anleger vertäuen, um eine Runde Weizen zu trinken. Seltener auch Leute mit Wasserscootern von der Tankstelle beim Pfannkuchenschiff. Dann hat man den Eindruck, man säße an der Cote d´Azur.

Dahinter dann der große Campingplatz selbst mit den vielen Wagen und Wohnmobilen, die teilweise den ganzen Sommer über hier stehen. Das Terrain ist so eben wie ein Flugplatz – das war es auch früher gewesen. In dem Wäldchen gegenüber, das Künstler heute in „Verwunschene Gärten" verwandelt haben, stand früher nach dem Zweiten Weltkrieg eine luxuriöse Villa, in der die sowjetische Mission untergebracht war. Und die brauchte einen eigenen Flugplatz. Gräbt man auf dem Campingplatz einen halben Meter tief ins Gras hinein, stößt man noch heute auf den Schotter, der darunter verborgen ist.

Gegenüber auf der anderen Seite die Insel Nonnenwerth mit ihrem ehemaligen Kloster, heute ein Gymnasium mit eigenem kleinen Fährverkehr für Lehrer und Schüler vom Festland. Vom Campingplatz aus kann man die riesigen alten Bäume betrachten, in denen Fischreiherkolonien ihre Nistplätze haben. Hinein führen kleine Buchten, in denen manchmal Sportboote vertäut liegen. Ein Bild wie am Susquehanna.

Hermann Lübbers traf an diesem Septembernachmittag mit Hund und Fahrrad ein, wegen der frühherbstlichen Frische schon mit einer Fließjacke angetan. Wie immer holte er sich seinen Pott Kaffee aus dem großen Spender an der Theke, zahlte und suchte sich einen unbesetzten Tisch in der Nähe des Rheinufers, band seinen Hund an die Bank und genoss die letzten wärmenden Sonnenstrahlen des Jahres. Es wurde eine lange Tasse Kaffee:

Eineinhalbstunden hing der alte Mann seinen Gedanken nach, dann ließ er seinen Hund für einige Minuten allein, weil er zum Toilettenwagen musste.

Als Olle Herm an der Frontseite vorbei ging, fiel ihm aus den Augenwinkeln ein DIN-A4-Plakat auf, das er aber nicht weiter beachtete. Sicherlich irgendeine Veranstaltung. Beim Rausgehen blieb er kurz davor stehen. Ein Fahndungsplakat:

„Gesucht in Zusammenhang mit vier Morden in Bonn, Ueckermünde, Hamburg, und Frankfurt ….“

Darüber ein Fahndungsbild. Olle Herm kniff die Augen zusammen, als er das Bild näher inspizierte. Den Mann hatte er schon gesehen. – Er ging zurück, und als er am Ausschank vorbei kam, tat er etwas, was er sehr selten tat: er nahm sich noch einen Pott Kaffee. Als er zu seinem Tisch zurückkehrte, blickte ihn sein Dackel aus großen erstaunten Augen an und legte die Ohren nach hinten. Bei normaler Routine würde es jetzt wieder im Körbchen auf dem Fahrrad nach Hause gehen, aber nun setzte sich sein Herrchen wieder hin.

Lübbers trank den Kaffee dieses Mal hastiger. Er blickte versonnen zum Drachenfels auf der anderen Rheinseite hinüber und überlegte angestrengt. Er hatte noch nie jemanden verpfiffen, aber vier Morde gingen definitiv über sein Maß an Verständnis hinaus. Nach einer weiteren halben Stunde blickte er rundum. Es waren zur Zeit keine weiteren Gäste in Hörweite. Um diese Jahreszeit hatte der Besucherstrom schon nach gelassen. Wind war aufgekommen, und in der Nähe des Flusses war es empfindlich kühler geworden. Hermann Lübbers zog den Reißverschluss seiner Fließjacke bis ganz nach oben zum Hals. Dann kramte er sein Mobiltelefon aus der Seitentasche und wählte die 110:

….,

„Ich möchte eine Meldung machen. Ich kenne den Man auf dem Plakat."

….

„Das Plakat, das hier am Campingplatz hängt."

….

„Mit dem Mann, der vier Menschen ermordet haben soll."

Er wurde zu einer anderen Dienstelle weiter verbunden. Dann wiederholte er sein Anliegen:

….

„Nein, Herr Klein, meinen Namen möchte ich nicht angeben. Der Mann wurde Freddie genannt. Er ist zur selben Zeit wie ich aus Rheinbach entlassen worden. Ich kannte ihn vom Knast her, und er war auch eine Nacht in dem Haus vom Betreuungsverein. Nach der Entlassung. Da können Sie weiter fragen."

Lübbers legte auf.

***

Thorsten Klein trommelte seine Leute zusammen:

„Der Anruf kam von einem Prepaid, also schwer bis gar nicht zurück zu verfolgen. Aber darum sollen sich andere kümmern. Wir haben erst einmal einen Zeugen ….“

„Den wir nicht kennen“, warf Kessenich ein.

„Ist jetzt nicht so wichtig. Wir fangen bei der JVA Rheinbach an.“

Die Anstaltsleitung war etwas zögerlich in ihrer Unterstützung. Es gäbe Datenschutzbestimmungen usw. In der zweiten Märzhälfte waren fünf Männer entlassen worden. Wer von denen zunächst beim Betreuungsverein untergekommen war, wusste man nicht. Man gab ihnen eine Kontakt-Nummer. Es meldete sich ein Holger Werth. Sie baten ihn ins Revier:

„Wir haben Ende März drei Männer in unserem Wohnhaus untergebracht.“

Sie zeigten ihm das Phantombild. Werth nickte:

„Der war dabei."

„Wie hieß er?"

Werth hatte einen Ordner mitgebracht, als man ihm gesagt hatte, worum es ging. Er blätterte zurück, bis er den Ausdruck eines EXCEL-Sheets fand, der den fraglichen Zeitraum abdeckte:

„Hier stehen die Namen: Hermann Lübbers, Stefan Marks und Fred Unkel. Der Mann, den Sie mir gezeigt haben, heißt Fred Unkel."

„Sicher?"

„Bin ganz sicher. Ich habe ein gutes Personengedächtnis. Ist auch notwendig bei diesem Ehrenamt."

„Wie lange war er in dem Haus?"

„Nur eine Nacht. Dann hat ihn seine Schwester abgeholt."

„Wohin?"

„Keine Ahnung."

Die Akte

Die komplette Akte mit den Prozessunterlagen lag beim Landgericht in Köln. Der Verwaltungsprozess zur Einsichtgenehmigung würde etwas dauern. Hauptkommissar Klein fühlte sich aber unter Zeitdruck, denn er befürchtete neue Straftaten. Während der Wartezeit fuhr er deshalb mit Tanja Maurer raus nach Rheinbach, um sich die Gefängnisakte von Fred Unkel anzusehen. Man war bereit, ihnen Einsicht gewähren zu lassen. Klein hatte mittlerweile einen Haftbefehl erwirkt.

Der Ordner über den Gesuchten war dünn. Es gab die üblichen Bewertungsbögen, Angaben über seine Erwerbstätigkeit während des

Gefängnisaufenthaltes, ansonsten keine Auffälligkeiten. Hatte sich gut geführt, war diszipliniert gewesen und galt als hilfsbereit. All das hatte auch zu seiner vorzeitigen Haftentlassung beigetragen. Die beiden Polizisten, denen ein Schreibtisch in einem kleinen Besprechungszimmer zugewiesen worden war, waren bei den Entlassungspapieren angelangt. Hier fanden sie die Adresse in Siegburg, die der Entlassene für zukünftige Kontakte angegeben hatte. Und ein psychiatrisches Gutachten – zwei Seiten lang.

Klein las es schweigend durch, blickte über den Rand des Papiers seine Kollegin an, schüttelte den Kopf und las noch einmal auf der Seite 2, fuhr mit dem Finger einige Zeilen entlang und reichte den Bogen dann an Maurer weiter:

„Lies das mal!"

Tanja Maurer warf einen kurzen Blick darauf:

„Das gibt's doch gar nicht! Wie konnte der ohne Auflagen frei kommen?"

Sie klopften wieder bei der Anstaltsleitung an, und man gewährte ihnen Zutritt.

„Herr Sundermann", Klein sprach den Direktor an. „Wir haben uns die Entlassungspapiere angesehen. Das psychiatrische Gutachten sagt aus, dass Unkel schizophren war, wenn ich das mal so laienhaft ausdrücken darf. Er soll sogar gelegentlich Personen gesehen haben, die gar nicht existierten. Gab es Auflagen für seine Zeit nach der Haft, die zu befolgen waren, und die wir übersehen haben?"

Sundermann nahm die schmale Akte zur Hand, blätterte darin herum und erinnerte sich. Durch seine Hände gingen täglich viele solcher Schriftstücke, und er hatte die Einzelheiten über all die Personen nicht sogleich parat.

„Dass Unkel schizophren war, war ein Umstand, der sowohl beim Prozess als auch bei seiner frühzeitigen Entlassung eine Rolle gespielt hat. Aber hier steht nicht, dass er schizophren war, sondern, dass er gelegentlich unter schizophrenen Anwandlungen litt. Der Gutachter hat das nicht als

317

Besorgnis erregend angesehen und dem Betroffenen eine positive Perspektive für den Wiedereinstieg ins normale Leben bescheinigt."

„Ohne Auflagen?"

„Unkel hat einen Bewährungshelfer, der sich um ihn kümmert. Das ist alles. Das Urteil sah damals keine Auflagen zur Behandlung während der Haftzeit vor. Da Unkel keine Beschwerden hatte, ist auch nichts unternommen worden. Hier stehen Name und Adresse: Raimund Nickel in Bonn, Sozialpädagoge."

„Den kenn ich", konstatierte der Hauptkommissar.

Sie bedankten sich für die Unterstützung, und draußen im Wagen wählte Klein die Nummer von Nickel, der sofort am Apparat war. Er hatte gerade etwas Luft, und die Beamten fuhren direkt zu seiner Wohnung zum Bonner Talweg. Unterwegs resümierte Tanja Maurer:

„Das mit der Schizophrenie könnte ein Schlüssel sein, wenn wir sonst kein Motiv finden.

Das erklärt auch in gewisser Weise die Auswahl seiner Opfer. Die ist ja nicht zufällig, sondern folgt einem Muster. Selbst, wenn wir das Muster noch nicht verstehen: irgendetwas hat ihn immer in die Nähe von diesen Instituten getrieben."

„An denen rein zufällig auch Gerd Schmeling immer war – einmal sogar zur gleichen Zeit. Das will alles nicht in meinen Kopf. Aber dass die so einen mit einer Geisteskrankheit einfach laufen lassen, ohne Behandlung oder so? Gut. Das ist wohl Recht und Gesetz. Wir müssen das nur nachher immer wieder ausbaden. Vielleicht weiß unser Sozialpädagoge ja mehr."

Sie fuhren von Rheinbach Richtung Meckenheim-Merl und von dort auf den Wachtbergring an Villip und Pech vorbei. In Bad Godesberg nahmen sie den Tunnel und die B9 bis zum Abzweig Reuterbrücke. Den Bonner Talweg erreichten sie an der ersten Ampelkreuzung rechts.

Raimund Nickel betreute zur Zeit 26 Personen parallel. Unkel war einer der pflegeleichtesten nach seiner Einschätzung. Er hatte sich nach seiner Entlassung direkt bei ihm gemeldet:

„Ich brauchte mich praktisch um nichts zu kümmern. Er war an seine alte Adresse in seinem Haus in Siegburg zurück gekehrt, hatte noch finanzielle Rücklagen, und seine Schwester hat für ihn die ersten Besorgungen gemacht. Ich habe ihn nur noch dreimal gesehen – einmal bei ihm zu Hause. Da sah es ordentlich aus, aber ich hatte mich ja auch angemeldet gehabt. Und zweimal war er bei mir, um mir von seinen Zukunftsplänen zu berichten."

„Was wollte er denn machen nach seiner Haft?" wollte Thorsten Klein wissen.

„Wie gesagt: er hatte noch etwas Geld. Und er wollte nicht wieder in sein altes Geschäft zurück. Er war ja Juwelier gewesen. Und in der Branche kennt man sich. Das hat sich herum gesprochen, das mit dem Totschlag, und danach war er für das Geschäft so gut wie tot. Er hat mir gesagt, er wolle noch in diesem Jahr einen Schreibwarenladen eröffnen. Das brauchte nicht unbedingt in Siegburg zu sein. Er reiste viel umher, wahrscheinlich um zu prospektieren. Deshalb war er auch bei mir gewesen, obwohl er das nicht brauchte – sich formell abzumelden. Aber er wollte nicht, dass ich mir Gedanken machte, wenn ich ihn nicht antreffen würde."

„Wann war das?"

„Oh, wenn ich das noch auf die Reihe kriege! Sehen Sie: bei mehr als zwanzig Fällen. Ich glaube, das eine Mal war so Mitte April, und das andere Mal irgendwann im Sommer, so vor zwei Monaten vielleicht."

„Hat er gesagt, wohin er verreisen wollte?"

„Nein, nur dass es mehrere Tage dauern sollte."

„Hat er sich danach zurück gemeldet?"

„Nein. Ich bin davon ausgegangen, dass er nach ein paar Tagen zurück sein würde."

„Hat er sich in irgendeiner Weise bei Ihren Treffen auffällig gezeigt?"

„Inwiefern?"

„Nervös, krank oder so?"

„Mir ist nichts aufgefallen. – Aber jetzt bin ich dran: worum geht es hier eigentlich? Hat er was gemacht? Das würde mich staunen."

„Dazu möchte ich in diesem Augenblick nichts sagen. Es laufen Ermittlungen, in denen er eine Rolle spielt. Bitte, kein Wort zu ihm. Wir werden versuchen, ihn in seinem Haus anzutreffen."

Ein neuer Hinweis

Die schöne Sommerzeit war kurz nach Pützchens Markt vorbei. Mit dem Paukenschlag eines Gewitters, das eine ganze Nacht lang nicht aufhören wollte. Auch nach dem Starkregen blieb es trübe und nieselig. Die Tagestemperaturen waren um 10° C gefallen. Fred Unkel saß fröstelnd in seinem Wohnzimmer, das wieder einen aufgeräumten Zustand hergab. Er hatte die Heizung noch nicht in Betrieb genommen und versuchte sich derzeit mit Pullovern.

Genf hatte den Ausschlag gegeben. Er war jetzt wirklich ernüchtert und hatte sich seitdem auf sein neues Geschäft konzentriert. Er hatte zwei

Ladenlokale besichtigt, deren Mietpreise aber beide zu hoch waren. Mittlerweile lief das Geld von seinem Konto wie durch eine Sanduhr. Oben war nicht mehr viel drin, und die Ausgaben häuften sich. Er trug sich mit dem Plan, sein Haus in Siegburg zu verkaufen.

Trotz des schlechten Wetters verspürte er an diesem Morgen das Bedürfnis nach einem längeren Gang, um sich zu sammeln und konkrete Pläne zu schmieden. Nach dem Frühstück holte er seinen McKinley-Anorak aus dem Schrank mit den Wintersachen. Diese Jacke hatte er zum letzten Mal in Ueckermünde getragen. Er nahm seine Schiebermütze vom Garderobenschrank, verschloss das Haus und holte seinen Wagen aus der Garage. Ein bewährter Zielpunkt für seine Zerstreuung war der Drachenfels. Dorthin trieb es ihn auch heute wieder.

Er nahm wieder die Route über die Ferdinand-Mühlens-Straße und die A42 bis zur Ausfahrt Rhöndorf. Er parkte sein Auto auch dieses

Mal vor dem Weingut Pieper. Dann ging es zu Fuß weiter. Nach einer knappen Dreiviertelstunde stand er auf dem Plateau. Dort schlenderte er zu einer der Aussichtsstellen. Auf der gegenüber liegenden Rheinseite lag Wachtberg, ganz hinten die Radarkugel des Fraunhofer-Instituts. Heute war die Sicht schlecht. Aber sein Kopf wurde trotzdem klarer. Der Aufstieg hatte seinen Kreislauf in Wallung gebracht. Sein Kopf wurde klarer durch die hohe Luft hier über den Wäldern. Aber noch war er leer – keine Assoziationen, kein Geistesblitz – nur ein trüber Blick nach vorn.

Da sie ihm kalt waren, hatte er beide Hände in die Seitentaschen seines Anoraks gesteckt, als er plötzlich etwas in der rechten Tasche spürte: ein Stück Papier oder Pappe. Er zog es heraus. Es war eine Visitenkarte. Unkel betrachtete das Kärtchen mit dem Goldaufdruck, drehte es hin und her. Es war die Karte von einem chinesischen Restaurant: ASIA in Goldbuchstaben, Ueckerstraße, mit Telefon- Nr., Inhaber Chang Liu. Fred Unkel zog die Stirne kraus, versuchte, sich zu besinnen. Es war jener Abend, an dem er den Code-Namen für das Geheimprojekt erfahren hatte: Drachenrad. Er blickte um sich. Wieder dieselben Assoziationen: Drachenrad, Drachenfels …. Was hatte der gesagt?

„Das Drachenrad: stellen Sie sich vor, Sie sitzen mit mehreren Personen an einem runden Tisch, und in der Mitte befindet sich ein Rad – so wie bei einem Roulettespiel. Das Rad ist in mehrere Sektoren aufgeteilt, in denen jeweils Symbole eingezeichnet sind, zum Beispiel eine Ratte oder ein Hase. Und ein Drache. Die Person am Tisch, auf den der Drache zeigt, hat das Recht, das Rad zu drehen, bis es zum Stillstand kommt. Vor jeder Drehung müssen die Spieler einen festgesetzten Betrag einsetzen. Nach der Drehung zeigt der Drache nun auf einen anderen Spieler. Derjenige, auf den der Drache zeigt, bekommt den Jackpot, und das Spiel geht wieder von vorne los.“

Und dann der Tipp:

„Ich kann Ihnen einen Rat geben: wenn es sich um die Zeit handelt, die im Mittelpunkt Ihrer Überlegungen steht, sollten Sie nicht zu den großen Brocken gehen wie zum Beispiel Kraftwerke und so. Achten Sie auf das ganz Kleine, das Winzige, das Unscheinbare. Dann werden Sie fündig werden."

Aber das hatte nicht funktioniert. Die Welt der kleinen Teilchen war voller Fehlschläge gewesen. Aber vielleicht hatte der Chinese ja etwas ganz anderes gemeint. Was hatte er gesagt, als er ihm dieses Kärtchen aus dem Panzer der Schildkröte gegeben hatte?

„Herr Stehnke, wenn Sie nicht mehr weiter wissen: dies ist eine gute Adresse."

Ein chinesisches Restaurant. Liu? So hieß der Besitzer, so wie sein Kontaktmann? Ein Verwandter. Das hatte nichts mit dem Restaurant zu tun. Nein. An dieser guten Adresse saß jemand, der mehr wusste. Fred Unkel hatte es plötzlich wieder eilig. Der Weg nach oben hatte sich wieder einmal gelohnt. Er spürte den Tatendrang wieder von Neuem.

***

Zuhause setzte er sich noch kurz vor seinen Laptop. Dann führte er einige Telefonate, mit seiner Schwester, mit seinem Bewährungshelfer, machte zwei Hotelreservierungen und packte einen kleinen Koffer. Gegen 16:00 Uhr an diesem frühherbstlichen Tag fuhr er auf die A3 Richtung Köln auf. Bei Leverkusen ging es dann wieder weiter auf die A1 und im Rasthof Lichtendorf bestellte er sich dieses Mal Spaghetti. Später, bei Garbsen, nahm er noch einen Kaffee für die Reststrecke über Hannover und Celle bis er schließlich an dem ihm bekannten Parkhotel in Uelzen gegen 22:00 Uhr ankam. Alles ohne Navi, da er ja den Weg schon kannte.

Auf dem großzügigen Parkplatz vor dem Hotel waren noch reichlich Stellplätze vorhanden. Es war trocken aber stockdunkel, als er seinen

Reisekoffer aus dem Kofferraum seines Wagens hervorholte und den Deckel zuschlug. Vor dem Hotel auf der anderen Straßenseite brannte eine funzelige Straßenlaterne. Nicht weit davon entfernt nahm er eine Person wahr. Der Mann trug einen dunklen Regenmantel und rauchte. Mehr war nicht zu erkennen, denn der Fremde stand gegen die dunkle Hecke neben dem Hoteleingang. Fred ging weiter, und der andere bog um die Ecke hinter der Hecke und verschwand. Es war Fred, als hätte er diesen Menschen schon einmal irgendwo gesehen.

Dann checkte er ein, nahm sein Zimmer in Beschlag und legte sich erst einmal aufs Bett.

***

Am nächsten Morgen, nach dem Frühstück, machte sich Fred Unkel in aller Ruhe ziemlich spät gegen 09:30 Uhr auf den weiteren Weg über Dannenberg und Ludwigslust Richtung Schwerin auf, wo er auf die A14 auffuhr. Am Kreuz Wismar war er endlich auf der A20 Richtung Rostock. Von dort noch eineinhalb Stunden weiter an Stralsund vorbei. Dieses Mal ließ er Greifswald liegen, wo es war und nahm auch nicht die Ausfahrt Jarmen bei Anklam, sondern fuhr weiter bis Pasewalk Nord. Hier nahm er die 109 Richtung Norden und kurz hinter dem Bahnübergang bei Jatznick bog er in ein Waldgebiet ein, bis die Landstraße ihn schließlich nach Torgelow führte, wo er im Goldenen Adler eincheckte. Als er ausstieg, begann es zu regnen.

Fred Unkel war vorsichtig geworden. Er ging davon aus, dass das Asia-Restaurant seine letzte Anlaufstelle in diesem Projekt sein würde. Deshalb war es umso wichtiger, keine Spuren zu hinterlassen. Schließlich war er ja schon einmal in Ueckermünde gewesen. Er würde sich am Abend mit einem Taxi dort hinfahren lassen.

Die Spur

Hauptkommissar Klein hatte jetzt alles, was er brauchte, um zuschlagen zu können: Name, Foto, Adresse, Lebenslauf und Psychogramm des Verdächtigen. Sie hatten auch den dritten Mann aus dem Auffanghaus des Betreuungsvereins ausfindig gemacht. Der lebte jetzt in Leverkusen und arbeitete in einem kleinen Metallbaubetrieb als Schlosser. Klein war mit Sven Kessenich hingefahren, und sie hatten den Mann interviewt. Viel war dabei nicht heraus gekommen, außer dass Stefan Marks den Verdächtigen für einen komischen Vogel hielt, der für seine Taten nicht einstehen und am liebsten alles rückgängig machen wollte.

Wenn Gerd Schmeling Recht behalten sollte, dass Fred Unkel tatsächlich an dem fraglichen Tag im Havanna mit Julia Theil gesprochen und vielleicht sogar kurz neben ihr gesessen hatte, käme man der Erklärung über den Verlust des Schlüsselbundes näher. Wenn er der Mörder war, so hatte er in dem Lokal die Gelegenheit gehabt, in Frau Theils Handtasche zu greifen.

Die Polizisten hatten beschlossen, den Bewährungshelfer Nickel in dieser Phase zunächst außen vor zu lassen, da man nicht sicher war, ob der dicht halten würde. Man brach also mit zwei Wagen zu Dritt auf, da man ja noch eine weitere Person mit zurück bringen wollte. In einem separaten Wagen rückten zwei Leute von der Spurensicherung an. Unkels Haus befand sich etwas am Rande Siegburgs am Hang einer kleinen Anhöhe. Gepflegte Wohngegend, im Rücken ein Waldstück, vorne der Ausblick auf die Stadt.

Kessenich bediente die Klingel. Die Spurensicherungsleute blieben noch solange in ihrem Fahrzeug. Nichts rührte sich. Neuer Versuch. Wieder nichts. Klein hatte Haft- und Durchsuchungsbefehl in der Tasche. Er winkte den Beiden im Auto zu:

„Aufmachen."

Tanja Maurer inspizierte die Garage nebenan. Sie war verschlossen. Dann drangen die Beamten unter Wahrung der Routine mäßigen Vorsichtsmaßnahmen in das Haus ein. Der Vogel war ausgeflogen. Sie verteilten sich im ganzen Haus – Zimmer für Zimmer. Alles war mäßig aufgeräumt, kein Unrat, keine vollen Aschenbecher, keine Kleidungsstücke, die auf dem Boden lagen – lediglich eine aufgeschlagene Tageszeitung mit einem Anzeigenteil, in dem ein Ladenlokal in Königswinter angekreuzt war.

Sie ließen das Garagentor öffnen. Kein Auto, nur ein Regal mit Kfz-Pflegemittel und ein Satz Winterreifen. Kommissarin Maurer ging zu den Nachbarn. – Das Bett im Schlafzimmer war nicht gemacht. Nicht ungewöhnlich. Im Kühlschrank waren Vorräte für zwei Tage. Die Spurensicherung hatte sich jetzt Papierkörbe und Mülleimer vorgenommen. Ein zerknüllter Kassenbeleg von ALDI zeigte an, dass Unkel noch gestern Vormittag hier am Ort eingekauft hatte. Vielleicht würde er ja bald zurück sein. Vielleicht machte er ja nur Besorgungen.

Tanja Maurer berichtete, dass die Nachbarn nichts wussten. Eine ältere Dame hatte ihn gestern Nachmittag fortfahren sehen. Ob er zwischendurch wieder nach Hause gekommen wäre, wüsste sie nicht. – Einer von den Spurensicherungsleuten kam mit einem Laptop unter dem Arm aus Unkels Büro:

„Den nehmen wir uns nachher vor. Hier geht das nicht so einfach, wenn da verschlüsselte Sachen drauf sind."

Alles in allem fand man nichts, was auf das Haus eines Mehrfach-Mörders hinweisen würde. Die Fingerabdrücke waren sicherlich alle von Unkel. Vielleicht gab es noch andere von Bedeutung, aber der Hauptkommissar machte sich keine großen

Hoffnungen. Man packte ebenfalls die paar Aktenordner ein, die sich im Büro befanden. Klein war unschlüssig, was er als Nächstes tun sollte. Er schaute in sein Notizbuch. Hier stand die Telefon-Nr. von Unkels Schwester.

***

Christiane Unkel war einigermaßen bestürzt, dass die Polizei ihren Bruder so kurz nach dessen Entlassung schon wieder suchte. Jetzt musste sie sich wieder Sorgen machen, insbesondere deshalb, weil Hauptkommissar Klein nicht mit der Sprache heraus wollte, worum es ging. Aber es nützte nichts: Sie gab an, was ihr Bruder ihr gestern am Telefon gesagt hatte: er würde für ein paar Tage in den Süden verreisen. Mehr wusste sie auch nicht. Die gleiche Information erhielt Klein auch bei seiner Nachfrage beim Bewährungshelfer.

Süden? Gab es noch etwas im Süden? Wie lautete die Liste, die Schmeling ihnen vorgesagt hatte – die Liste, die Schmeling sich für seine Recherchen selbst zurecht gelegt hatte, und die Unkel möglicherweise bei dem Gespräch mit Julia Theil im Havanna mitbekommen hatte. Bisher fanden sich alle Tatorte auf Schmelings Liste wieder: Hamburg, Darmstadt. Ueckermünde zählte nicht, da Schmeling nichts damit zu tun hatte. Welchen Ort hatte der Doktor noch genannt? Klein wählte Schmeling an:

„CERN? In Genf?"

Genf lag im Süden, der einzige Ort, den Schmeling bisher noch nicht besucht hatte. Vielleicht war Unkel schon vor ihm da gewesen und es war schon passiert? Vielleicht war er jetzt gerade dorthin unterwegs?

„Wir packen ein."

Tanja Maurer und Sven Kessenich blieben zur Observierung in der Nähe des Hauses in ihrem Wagen zurück. Thorsten Klein fuhr zur Dienststelle.

***

Die Kollegen in Genf waren sehr zuvorkommend. Eine halbe Stunde nach seinem Telefonat hatte er eine Liste mit den Gewaltverbrechen mit Todesfolge der letzten zwölf Monate in seinem Email-Account. Keine Anhaltspunkte – weder die Mordarten noch die Profile der Opfer passten zu dem Muster, das sie sich zurechtgelegt hatten. Er bedankte sich mit dem vagen Versprechen, eventuell noch einmal weitere Details nachzufragen. Unkel war offensichtlich noch nicht da unten gewesen. Er war jetzt auf dem Weg nach Süden. Nach Genf?

Am späten Nachmittag rief er seine Kollegen im Wagen in Siegburg an. Keine Neuigkeiten. Er würde gegen 19:00 Uhr eine Ablösung schicken. Um 20:00 Uhr betrat Siegfried Ellermann, der Computer-Experte von der Spurensicherung, sein Büro mit Unkels aufgeklapptem Laptop im Arm.

„Und? Gibt's was Interessantes?" wollte der sichtlich genervte Hauptkommissar wissen.

„Möglicherweise. Das Gerät war so gut wie nicht gesichert. Bin sofort überall rein gekommen. Die Festplatte ist fast leer. Allerhand Müll aus herunter geladenen PDF-Dateien über Teilchenphysik und Labors ….“

„Also doch. Es gibt einen Zusammenhang mit diesen Sujets. Weiter.“

„Hier ist noch diese EXCEL-Datei. Sie war zwar Passwort geschützt, aber da bin ich schnell dran vorbei gekommen. Ich habe sie offen gelassen. Das könnte interessant sein.“

Ellermann stellte das Gerät vor Klein auf den Schreibtisch, sodass dieser den Bildschirm vor sich hatte. Da stand es:

13. 04. Havanna	*Hinweis Greifswald*
28.04. Greifswald	*Geheimprojekt*
30.04. Rostock	*goldene Zahl*
12. 06. DESY	*Leibnitz-Zeit*
05.08. GSI	*Zustandsverschränkungen*
27.08. CERN	*Paralleluniversum*

24.09. Ueckermünde noch mal

Geheimprojekt

Heute war der 25. September. Fred Unkel war seit gestern Nachmittag Richtung Ueckermünde unterwegs!

„Hast Du sonst noch etwas gefunden. Ich hab′s jetzt eilig."

„Ja. Hier sind ein paar Cookies von gestern Nachmittag. Zwei Hotel-Recherchen. Eine in Uelzen, die andere in Torgelow – wo immer das ist."

Klein kritzelte die Namen der Hotels und die Telefon-Nummern auf einen Zettel, bedankte sich und rief seine Kollegen von ihrem Beobachtungsstandort in Siegburg zurück nach Ramersdorf. Dann rief er die Hotels an. Natürlich war kein Fred Unkel angemeldet. Außerdem war man zögerlich mit Auskünften. Da konnte ja jeder sagen, er wäre von der Polizei, aber der Hauptkommissar gab seine Durchwahl an und die Webseite des Polizeipräsidiums Bonn mit der

Rufnummer für die Zentrale, über die er erreicht werden konnte. Als seine beiden Kollegen eintrafen, konnte er ihnen mitteilen, dass Bernd Kötter heute Morgen im Parkhotel in Uelzen ausgecheckt und heute Mittag im Goldenen Adler in Torgelow eingecheckt hatte.

„Wo liegt Torgelow?" wollte Tanja Maurer wissen.

Sie riefen den Routenplaner auf. Maurer stieß einen spitzen Ton aus:

„Torgelow liegt vierzehn Kilometer südlich von Ueckermünde."

***

Es krachte aus allen Richtungen, Blitze schwirrten durch die Wälder links und rechts von der Fahrbahn, Bäume bogen sich gefährlich über die Straße, und ein Starkregen ganz oben auf der nicht vorhandenen Niederschlagsskala prasselte gegen die Windschutzscheibe des Dienstwagens von

Kommissar Stefan Kirn, der verzweifelt versuchte, in diesem Unwetter Tempo zu machen mit Hauptkommissar Wolter auf dem Beifahrersitz.

Vor zehn Minuten hatte Heinz Wolter von seinem rheinländischen Kollegen Thorsten Klein den aktuellen Fahndungsstand in Sachen Fred Unkel erfahren. Er hatte noch an seinem Schreibtisch an der Liepgartener Straße gesessen, als der Anruf kam. Klein hatte die wichtigsten Unterlagen per Email durchgestellt: Foto, Personenbeschreibung. Alle anderen Informationen erhielt er am Telefon. Unkel war auf dem Weg nach Torgelow oder hatte dort bereits eingecheckt. Wolter griff sich den Kollegen Kirn, der ebenfalls noch nicht nach Hause gefunden hatte. Die Kommissare Naumann und Reuter wurden jeweils zuhause aktiviert. Sie sollten auf stand-by bleiben.

Jetzt ging es an Liepgarten vorbei in das kleine Städtchen Torgelow hinein. Als Kirn heftig vor dem Goldenen Adler anhielt, rutschte der Wagen ein Stück weiter, und Wolter, der Kirn zunächst im

Auto ließ, musste in einer großen Pfütze aussteigen. Fluchend und total durchnässt stieß er die Hoteleingangstüre auf. Der Mann hinter dem Tresen im Empfangsbereich ließ den Haff-Kurier sinken:

„Mensch, Heinz, wie siehst Du denn aus. Versaust mir den schönen Teppich. N´Abend."

„Knut – wohnt der bei Euch?"

Wolter zog ein eilig zusammengefaltetes Blatt Papier aus der Innentasche seiner Jacke und versuchte, es mit seinen nassen dicken Fingern einigermaßen trocken zu halten. Knut Reding warf einen kurzen Blich darauf:

„Eindeutig. Der hat heute Nachmittag hier eingecheckt. Moment."

Der Concierge schaute ins Gästebuch:

„Bernd Kötter."

„Zimmer?"

„Keine Chance. Der ist ausgeflogen. Den hast Du gerade verpasst. Ist mit dem Taxi weg."

„Wagen von hier?"

„Ja, der Volker."

Wolter zog sein Smartphone aus der Tasche und drückte eine Kombination. Am anderen Ende hatte er Frau Klingler in der Leitung, Volker Klinglers Frau, die die Taxi-Zentrale in Betrieb hielt:

„Eva. Ihr habt eben eine Fahrt vom Goldenen Adler angetreten, vor zehn Minuten, sagt Knut. Wohin geht die?"

….

„OK. Danke. Nicht umleiten. Weiterfahren lassen. Danke. – Und danke Knut. Zimmer abschließen. Niemanden reinlassen."

Und Wolter stürmte aus dem Hotel und schwang sich auf den Fahrersitz:

„ASIA. Los!"

Kirn stutzte einen Moment lang.

„Fahr los. Er ist mit dem Taxi unterwegs zum ASIA-Restaurant in Ueckermünde. Vielleicht schnappen wir ihn noch unterwegs."

Sechzehn Stufen

Die Durchgangsstraße war leergefegt, obwohl es erst 21:00 Uhr war. Regen peitsche fast waagerecht über den glänzenden Asphalt. Die schwarze Dunkelheit an diesem frühherbstlichen Abend wurde nur durch das gelbe Licht der Straßenlaternen gemildert. In seinen Kegeln schäumte der prasselnde Regen wie Sturzbäche auf. Aus der Ferne tasteten sich zwei Scheinwerfer durch das Unwetter heran. Sturmböen heulten um die Ecken der Seitenstraßen. An der Laterne vor dem ASIA-Restaurant hielt das Taxi am Bordstein an. Der Fahrer schaltete die Innenbeleuchtung ein, der Gast übergab mit einer wegwerfenden

Handbewegung einen großen Schein. Dann stieg er aus. Der Taxichauffeur rief etwas durch die geöffnete Beifahrertür seinem Kunden hinterher.

„Ist schon gut. Ich brauche das Geld nicht mehr", kam die Antwort.

Dann stand er ohne Kopfbedeckung oder Schirm im strömenden Regen unter der Straßenlampe, den Kragen seines schwarzen Regenmantels hochgeschlagen – ein dunkler, schlanker Mann von etwa vierzig Jahren. Er trug einen grauen Vollbart, und von seiner Halbglatze hing seitlich das Haar über die Ohren hinab. Das Wasser rann ihm vom Kopf ins Gesicht und in den Nacken. Der Mann wartete, bis sich das Taxi wieder entfernt hatte. Dann ging er ein Stück die Straße entlang und bog nach links in eine Seitenstraße ein, bis er die Gasse erreichte, die hinter die Häuserzeile führte. Nach wenigen Metern hatte er den Hintereingang des Restaurants erreicht.

Er wartete. Und der Regen hatte kein Erbarmen. Hier war es stockdunkel ohne Straßenbeleuchtung.

Nach wenigen Minuten sah er durch das Fenster der Hintertür, dass im Inneren Licht eingeschaltet wurde. Die Tür öffnete sich, und ein junger Chinese trat heraus, der hastig auf die Kellertreppe zuschritt, die seitlich am Haus nach unten führte. Der Mann ging ihm nach. Der Chinese stieg die Treppenstufen hinab und holte dabei ein Schlüsselbund aus seiner Tasche. Hinter ihm, im Abstand von fünf Stufen, folgte langsam der andere.

Sechzehn Stufen bis zur Tür ganz unten. Er kannte den Weg. Unzählige Male hatte er sie gezählt. Es war wieder soweit. Sechzehn Stufen. Der Chinese hatte jetzt die Holztüre geöffnet – eine Holztüre, deren Latten mit einem Z aus Streben zusammengehalten wurden. Der Chinese betätigte einen Lichtschalter im Inneren des dunklen Raumes und trat in den Keller.

Der Mann fixierte kurz die Türe. Zwölf Kerben zählte er und holte ein Klappmesser aus der Tasche. Schon zwölf Mal. Er wusste, was er zu tun hatte. Er fügte eine weitere Kerbe hinzu, schob dann die angelehnte Kellertür auf und trat langsam ein ….

***

Sie schafften es nicht. Als sie vom Schweinemarkt kommend auf die Ueckerstraße einbogen, sahen sie nur noch die Rücklichter von dem cremfarbenen Gefährt in Richtung Ortsausfahrt verschwinden. Es goss aus allen Rohren, und der Wind peitschte die Straße mit fast waagerechten Wasserfahnen. Sie fuhren auf den Parkplatz beim LIDL und stellten ihr Auto dort ab. Hinten im Wagen lagen Regenjacken, die sie sich überwarfen, und dann rannten sie los auf das Lokal zu und stürzten hinein. Das Restaurant war zwar geöffnet, aber bei dem Sauwetter waren keine Gäste zu sehen. Der Besitzer saß an einem kleinen Tisch neben der

Theke und las in einer Werbezeitung. Sonst befand sich niemand im Raum

Die beiden Polizisten blieben im Eingangsbereich stehen, und Wolter zückte sein Fahndungsfoto. Der Chinese erhob sich und ging auf die Beamten zu.

„Entschuldigen Sie die Störung und die Pfützen auf Ihrem Teppich", begann Wolter. „Ich bin Hauptkommissar Wolter. Wir kennen uns ja schon vom Tode Ihres Verwandten vor einiger Zeit. In diesem Zusammenhang suchen wir einen Mann, den wir hier oder hier in der Nähe vermuten."

Der Chinese betrachtete das Bild. Dann schüttelte er den Kopf. In diesem Augenblick ertönte von unten ein dumpfes, splitterndes Geräusch, dann ein gedämpfter, wütender Ruf.

„Was war das?"

„Das muss mein Sohn sein, der hat wohl etwas fallen gelassen im Keller. Er sollte Gurken holen."

Wolter machte ein alarmiertes Gesicht:

„Wo geht das runter?"

„Sie müssen durch die Küche nach draußen, hinter dem Haus die Treppe…."

Die beiden Kommissare stürzten ohne ein weiteres Wort durch die Tür zur Küche, auf die der Wirt gezeigt hatte, und wieder nach draußen auf den Hinterhof:

„Da vorne!" schrie Kirn und eilte die dunkle Kellertreppe hinunter. Unten fiel Licht durch den Spalt der angelehnten Tür. Kirn stieß sie ganz auf, Wolter folgte. In dem stickigen Raum befanden sich zwei Männer. Derjenige, der ihnen den Rücken zuwandte hielt einen asiatisch aussehenden, jungen Mann mit einer Hand an der Kehle, in der anderen hatte er ein Klappmesser. Wolter zögerte keinen Augenblick und legte dem Angreifer seine rechte Hand auf die Schulter:

„Loslassen! Alfred Unkel, ich verhafte Sie. Sie stehen unter Mordverdacht."

Der Mann drehte sich langsam um und ließ sein Guiole-Messer in die Pfütze zu seinen Füßen fallen, in der auch die Scherben des Gurkenglases lagen, das der Sohn des Restaurantbesitzers fallen gelassen hatte.

Das Testament

Fred Unkel wurde am darauf folgenden Morgen in die Justizvollzugsanstalt Neubrandenburg überstellt. Bei den Vernehmungen hatte er hartnäckig geschwiegen. Die Vorführung vor dem Ermittlungsrichter war auf den Tag danach festgesetzt. Dann sollte auch entschieden werden, wo das Strafverfahren stattfinden würde – ob in Bonn oder in Neubrandenburg. Hauptkommissar Wolter und sein Vorgesetzter Polizeidirektor Lampader hatten sich vor dem Saal, in dem die Vorführung stattfinden sollte, eingefunden. Lampader war froh, dass es sich bei dem Mord an Wei Liu offensichtlich nicht um eine ausländerfeindlich motivierte Straftat gehandelt hatte. Er hatte sich gerade dazu geäußert, als ein Gerichtsdiener herbei eilte und nach ihm fragte:

„Herr Lampader? Ja? Ich muss Ihnen im Namen von Oberstaatsanwalt Röder mitteilen, dass die Vorführung von Herrn Alfred Unkel ausfällt."

Lampader stand entrüstet auf:

„Wieso das denn?"

Wolter hatte sich ebenfalls mit gerunzelter Stirn erhoben.

„Es hat einen Zwischenfall gegeben."

In diesem Augenblick trat ein hoch gewachsener, schlanker Mann in grauem Regenmantel und einem Stetson-Hut auf dem Kopf aus einer der vielen Türen auf dem lang gestreckten Korridor heraus und begrüßte die beiden Polizisten. Es handelte sich um den Oberstaatsanwalt. Der Gerichtsdiener verschwand auf leisen Sohlen, als Röder verkündete:

„Die Sache fällt aus. Unkel hat sich umgebracht. Das ist alles, was ich weiß, Fäller von der JVA hat eben angerufen. Wir fahren jetzt rüber."

Die drei Männer machten betretene Gesichter und verließen das Gebäude durch einen Seiteneingang, um zum Wagen des Oberstaatsanwalts zu kommen.

***

Als die Wache Unkels Zelle aufschloss, um ihn abzuholen, saß der Tote auf seinem Stuhl. Sein Oberkörper lag auf dem Tisch vor ihm, seine eine Hand baumelte seitwärts hinunter, die andere lag auf der Tischplatte neben seinem Kopf. Aus beiden Handgelenken tropfte Blut in eine Pfütze, die sich von der Tischplatte über den Stuhl bis auf den Fußboden hinzog. Er hatte sich die Pulsadern mit einem spitzen Bleistift in Längsrichtung aufgestochen. Auf dem Tisch, knapp von der Blutlache berührt, lag ein Stoß Papier –

handschriftliche Notizen. Die hielt Lampader jetzt in der Hand.

„Wir werden das untersuchen müssen", gab Oberstaatsanwalt Röder von sich. „Wieso hatte der Gefangene einen Bleistift bei sich?"

Gefängnisdirektor Fäller blickte auf seinen Schreibtisch:

„Der Gefangene hatte darum gebeten, und auch um das Papier. Er wollte ein schriftliches Geständnis aufsetzen."

„Das kann so nicht stehen bleiben. Das hätte unter Aufsicht geschehen müssen. Wie dem auch sei. Jetzt haben wir den Salat. Was steht denn da drin?"

TESTAMENT

An denjenigen, den es betrifft:

Seit meiner Entlassung aus der JVA Rheinbach habe ich Ermittlungen über eine weltweite Verschwörung aufgenommen. Hinweise dazu hatte ich von einem ehemaligen Insassen erhalten, der seine Informationen aus verlässlicher Quelle erhalten hat. Seinen Namen möchte ich aus Gründen der Sicherheit für seine Person nicht preisgeben. Die Verschwörung hat nach meinen Recherchen schon in der ersten Hälfte des vergangenen Jahrhunderts begonnen, als Wissenschaftler aus aller Welt sich mit den tiefsten Geheimnissen der Materie zu beschäftigen anfingen. Es wird vielfach vermutet, dass das Ziel ihrer Bestrebungen war, die Atombombe zu bauen und einzusetzen. Das ist falsch. Verfolgt wurde vielmehr ein viel weiter reichendes Ziel. Die Atombombe war nur ein Zwischenschritt, eine Art Abfallprodukt. Ziel war es, die Zeit zu kontrollieren, und dadurch die bestehende Welt, das ganze Weltall, zu zerstören und nach eigenen Maßstäben wieder aufzubauen. Um meine Ermittlungen voran zu treiben, habe ich die wichtigsten Stätten dieses Vorhabens in Deutschland und der Schweiz besucht und Befragungen durchgeführt. Um meine Erkundigungen geheim zu halten, sah ich mich gezwungen, meine Interviewpartner zu beseitigen, ohne Spuren zu hinterlassen. Im Nachhinein wurde ich in dieser Notwendigkeit bestätigt. Man hatte offensichtlich Wind von meinen Nachforschungen bekommen. Zwei von meinen Verfolgern sind mir mehrfach begegnet, als sie mich zu beschatten versuchten.

Ich habe zunächst angefangen in der Nähe meines Wohnortes, in Bonn. Die junge Dame, mit der ich ein erstes Gespräch geführt habe, hat mir das Funktionsprinzip der Maschine, nach der ich suchte, und die als Geheimprojekt irgendwo gebaut wird, im Grundsatz bestätigt. Es war sehr einfach, den Schlüssel zu ihrer Wohnung im Studentenwohnheim zu bekommen, da ihre Handtasche offen neben ihr auf der Bank lag und das Schlüsselbund mit der Zimmernummer oben drauf.

Der nächste Schritt brachte mich nach dem Hinweis der Studentin aus Bonn nach Greifswald und darauf hin nah Ueckermünde, wo ich einen pensionierten Agenten aus dem Kernkraftwerk traf, der mir wertvolle Informationen gab – unter anderem auch den codierten Namen des Weltprojektes, den ich geheim halten möchte, da ich in einer meiner Parallelwelten weiter in dieser Sache recherchieren werde. Der Agent gab mir dann den wertvollen Hinweis, meine weiteren Ermittlungen auf das Gebiet der Elementarteilchen zu beschränken. Der Mann leistete keinen großen Widerstand, als ich ihn erledigte. Ich habe ihn dann am Strand abgelegt, um eine falsche Fährte zu legen.

In Hamburg gewann ich über eine Mitarbeiterin vom DESY weitere wichtige Hintergrundinformationen. Die wollten irgendwie die Zeit ganz abschaffen, so dass alles immer so bliebe, wie es einmal festgelegt sein würde. Die Theorie dahinter habe ich nicht verstanden, aber das Ziel wurde immer ambitionierter, wie mir schien. Auch diese Zeugin musste ich sicherheitshalber beseitigen. In diesem Falle war das ebenfalls ganz einfach. Sie war kein Kind von Traurigkeit und nahm mich bereitwillig mit in ihre Wohnung.

Schwieriger wurde es in Frankfurt mit der Frau vom GSI in Darmstadt. Von ihr erfuhr ich dann von den Parallelwelten, in denen wir alle existieren. Das hat mir Hoffnung gegeben – auch für meine persönliche Zukunft. Die Forscher an diesem Projekt waren wirklich dabei, die ganze Welt aus den Fugen zu heben. Diese Zeugin zu beseitigen war nicht so einfach. Ich hatte keinen Zutritt zu ihrer Wohnung, aber ich besaß ihre Adresse, die ich mir über die Telefon-Nummer auf ihrer Visitenkarte besorgt hatte. Ich musste sehr geduldig sein an diesem Abend, aber ich erwischte sie draußen vor dem Haus, als sie nach Feierabend noch einmal ausging. Ich musste mich beeilen, obwohl es dunkel war. Ich ließ sie auf dem Bürgersteig liegen.

CERN war eine einzige Enttäuschung. Ich hatte vermutet, dass die Weltmaschine das gesuchte

Projekt sein würde. War sie aber nicht. War

vielleicht nur ein Täuschungsmanöver, um von dem

ganz großen Ding abzulenken. Ich erhielt auch nur

einen vagen Hinweis über eine mögliche

Kommunikation zwischen all diesen Parallelwelten.

Zeugen brauchte ich keine zu beseitigen.

Aber ich gab nicht auf. Ich erinnerte mich

dann noch an einen Hinweis des Agenten aus

Greifswald. Er hatte mir die Visitenkarte eines

Lokals gegeben für den Fall, dass ich mit meinen

Recherchen nicht mehr weiter käme. Es war zwar

ein China-Restaurant, aber ich vermutete eine

Tarnung. In dem Lokal selbst würde wohl nicht an

dem Projekt gearbeitet – wenn, dann sicherlich in

den Kellergewölben. Deshalb war ich da unten, aber

der wissenschaftliche Assistent dort unten war

unkooperativ. Deshalb hatte ich ihn bedroht. Das

war alles.

Ich habe mir nichts vorzuwerfen. Ich habe im

Interesse der Menschheit intensive Aufklärung

betrieben, bin aber noch nicht ans Ende

angekommen. In der Parallelwelt, in die ich übergegangen bin, wenn dieses Testament gefunden wird, werde ich andere Entscheidungen treffen, die meinen Lebenspfad in andere Richtungen lenken werden. Dahin kann mir von hier aus niemand mehr folgen.

An denjenigen, den es betrifft:

Fred Unkel

Drei Monate später

Heinz Wolter wollte nicht zu denen gehören, die die Weihnachtsfeier für ihre Abteilung erst im März des darauf folgenden Jahres veranstalteten. Es soll schon Fälle gegeben haben, dass jemand das erst im Mai zustande gebracht hatte. Deshalb reservierte er frühzeitig in der zweiten Adventswoche. Das Essen betraf ohnehin nur seinen engsten Mitarbeiterstab. Er bezahlte das aus eigener Tasche. Im Dienstbudget war dafür nichts vorgesehen.

Nicole Reuter freute sich schon auf die Weihnachtsgans. Ihr Chef musste sie enttäuschen. Er hatte im ASIA reserviert.

Die vier: Wolter, Reuter, Kirn und Naumann wurden mit dezentem „Hallo" empfangen, wie es für Asiaten üblich ist. Sie nahmen an einem Vierertisch am Fenster mit Blick auf das Einkaufszentrum auf der anderen Seite Platz. Das Restaurant war weihnachtlich geschmückt – allerdings nach chinesischem Glücks-Geschmack mit vielen blinkenden Plastikgirlanden in schrillen Farben und einem Weihnachtsmann, der auffällige Schlitzaugen hatte und einem Buddha nicht ganz unähnlich sah.

Vier Speisekarten wurden verteilt. Wolter eilte schon voraus:

„Wir hätten gerne ein Menü für vier Personen."

„Hinten vor den Getränken stehen die Mehr-Personen-Menüs", erläuterte der Inhaber, der die Bedienung persönlich übernommen hatte. Sein Sohn hielt sich hinter der Theke auf – bereit, die Getränkewünsche umgehend umzusetzen. Die drei anderen Polizisten klappten ihre Karten wieder zu. Wolter warf einen langen Blick auf die Karte, nachdem er die angegebene Stelle gefunden hatte. Der Chinese war derweil am Tisch stehen geblieben.

„Ich glaube, wir nehmen das", Wolter deutete mit dem Zeigefinger auf die Speisekarte.

„Vielen Dank", erwiderte der Chinese, „aber dazu müssten Sie sich an einen anderen Tisch setzen. Dahinten."

Er deutete auf einen runden Tisch weiter im Innern des Restaurants.

„Wieso?"

„Das ist das Menü, das Sie sich ausgedacht haben. Der Name sagt es."

„Lass mal sehen, Heinz", Naumann nahm Wolter die Speisekarte aus der Hand und las an der Stelle, auf die sein Chef vorher seinen Finger gelegt hatte:

MENÜ 4
„DRACHENRAD"

Peking Gulasch-Suppe

Kröpöck

Frittierte Frühlingsrollen

Tintenfischringe

***

Peking-Ente

Panierte Hummerkrabben

Schweinefleisch süß-sauer

Rindfleisch in Curry

***

Lychees

Fürst-Pückler-Eis

Mango

Gebackene Banane

Sie wechselten den Tisch und setzten sich in die Runde. Auf dem runden Tisch befand sich eine drehbare Scheibe. Naumann hakte nach:

„Wieso heißt das Drachenrad?"

Der Besitzer erläuterte:

„Das bringt Glück. Sie sitzen ja mit mehreren Personen an diesem runden Tisch, und in der Mitte befindet sich das Rad – so wie bei einem Roulettespiel. Das Rad ist in mehrere Sektoren aufgeteilt, in denen jeweils Symbole eingezeichnet sind, zum Beispiel eine Ratte oder ein Hase. Und ein Drache. In den einzelnen Sektoren werde ich Ihnen gleich Ihre Speisen servieren. Die Person am Tisch, auf den der Drache zeigt, hat das Recht, das Rad zu drehen, bis es zum Stillstand kommt. Nach der Drehung hat jeder eine bestimmte Speise vor sich stehen, die jetzt für ihn bestimmt ist, und nun zeigt der Drache auf eine andere Person. Und das Spiel geht von vorne los, bis das Essen zu Ende ist. So geht das."

„Ja, dann man tau", bemerkte Wolter.

Sie bestellten sich ihre Getränke, und während sie auf das Essen warteten, ließen sie die wichtigsten Ereignisse des vergehenden Jahres noch einmal Revue passieren.

„Wie war das eigentlich auf dem Fest in Köln, auf der Kirmes?" wollte irgendwann Nicole Reuter wissen. „Ich habe gehört, die rheinländische

Polizistin ist ganz schön ran gegangen, Stefan. Die soll so gut singen können."

Heinz Wolter blickte betreten auf das noch leere Drachenrad, als Kirn mit einem langen Blick ins Leere antwortete:

„Keine Ahnung. Da waren so viele Frauen, kannst Du Dir gar nicht vorstellen."

Dann kam das Essen. Zuerst die Vorspeisen. Naumann durfte als erster drehen, weil er vor dem Drachen saß. Bei den Hauptgängen war dann Wolter an der Reihe. Die Platte mit der Peking-Ente landete vor Nicole Reuter.

„Da hast Du Deine Weihnachtsgans", grinste ihr Chef.

Als es ans Bezahlen ging, spendierte der Restaurantbesitzer eine Runde Mai Kwai Lu, den 54%igen Rosenschnaps. Nachdem sie ausgetrunken hatten und Wolter die Rechnung übernahm, stellte er noch eine Frage an den Chinesen:

„Sagen Sie mal, als wir den Mann da unten bei Euch im Keller festgenommen haben – vor ungefähr drei Monaten – da hab ich an der Kellertür so allerhand Markierungen gesehen, so wie Kerben. Wir haben uns damals nicht weiter danach gefragt. Der Fall war ja gelöst. Aber – was haben die denn eigentlich zu bedeuten, diese Kerben?"

„Das weiß ich auch nicht. Sehen Sie: das Haus gehört uns ja auch nicht. Wir haben ja nur gemietet. Die Zeichen waren schon da, als wir hier vor einigen Jahren eingezogen sind."

„Und wer ist der Vermieter?"

„Ein Mann aus Rostock."

„Wie heißt der?"

„Peer Stehnke."

„Danke. Und schöne Weihnachten."

Die vier verließen das Lokal, sichtlich zufrieden und gesättigt.

„Stehnke …. Irgendwo habe ich den Namen schon einmal gehört", murmelte Wolter sich in seinen imaginären Bart. In der anbrechenden Winterkälte schlenderten sie zum Marktplatz. Da musste irgendwo noch eine Glühweinbude stehen.